LES NEIGES BLEUES

Piotr Bednarski est né en 1934 à Horeszkowce, une ville de la Pologne orientale envahie par les Soviétiques en septembre 1939. Déporté en Sibérie avec les siens durant la guerre, il sera le seul rescapé de sa famille. Rentré en Pologne, il suit une formation d'instituteur, mais sa passion de la mer le détourne de l'enseignement : il passera toute sa vie professionnelle dans la marine marchande. Piotr Bednarski est l'auteur de nombreux romans, de nouvelles et de poèmes ; *Les Neiges bleues* est son premier roman traduit en français.

PIOTR BEDNARSKI

Les Neiges bleues

TRADUIT DU POLONAIS PAR JACQUES BURKO ET ALII

ÉDITIONS AUTREMENT

Titre original :

BŁEKITNE ŚNIEGI

La traduction de cet ouvrage a été effectuée, sous la direction de Jacques Burko, par un collectif d'étudiants dans le cadre du séminaire permanent de traduction littéraire du Centre de civilisation polonaise de l'Université Paris IV-Sorbonne.

Ce collectif comprenait notamment : Cierpial Jacqueline, Dolata Robert, Gibson Monika, Havel Anna, Matuszewski Roger, Messuta Krystyna, Montigny Marie-Noëlle, Peduzzi Christine, Pochat Aleksandra, Sarceau Catherine, Sobowiec Henri, Trawa Ghislaine, Wegiel Maria, Weiss Casimir.

ISBN : 978-2-253-08387-0 – 1re publication LGF

Avant-propos du traducteur

Ce petit livre, aux brefs chapitres dont chacun semble une nouvelle indépendante, nous introduit dans un monde différent et fascinant : la Sibérie des années quarante. Nous sommes au cœur du système répressif soviétique, dans l'antichambre du goulag. Un monde de cruauté et de générosité, un monde simple et retors, où les sentiments et les passions s'expriment avec une brutale franchise mais où la pensée se déguise devant la menace de mort imminente. L'histoire est racontée par un petit garçon de quelque huit ans, qui a parfaitement assimilé la duplicité qui permet d'espérer une survie, et qui garde néanmoins avec sa bande de copains l'allégresse naturelle à l'enfance.

L'action se déroule dans une petite ville de Sibérie, située dans la taïga sur le trajet du Transsibérien. Sa population est un étrange mélange de Sibériens autochtones, de descendants des exilés de l'époque tsariste, de Russes envoyés coloniser ces espaces vides et d'assignés à résidence : généralement des membres des familles de condamnés politiques. Ces derniers vivent et meurent dans les camps de travail forcé (parfois situés à proximité de notre bourgade) ; leurs proches, considérés comme « éléments hostiles », ont été déportés dans la taïga et placés là avec interdiction de quitter la ville, livrés à eux-mêmes pour se loger et pour survivre. On voit défiler des Estoniens, des Coréens, des Polonais, des Ukrainiens…, une mosaïque bigarrée de peuples persécutés par Staline. La vie est encore plus dure du fait de la guerre : tout manque, et surtout la nourriture. Mais ce qui pèse le plus, c'est la menace des « organes », du NKVD, qui peut à tout moment et sous n'importe quel prétexte faire irruption dans une maison et bouleverser tragiquement la vie de ses habitants.

Le narrateur, Petia (Pierre), est polonais, issu d'une famille singulière : son père est un petit noble polonais, militaire de carrière, avec tout ce que cela implique de patriotisme, de principes rigides et de haine du bolchevisme ; sa mère est une juive d'ascendance caucasienne, d'une fascinante beauté (les habitants du bourg la surnomment Beauté), d'une grande force de caractère et d'une révérence mystique pour le Livre. En septembre 1939, lors du partage de la Pologne entre Hitler et Staline, le père a été fait prisonnier par les Russes ; il a échappé par hasard aux exécutions de masse perpétrées par le NKVD sur les officiers polonais (notamment dans le camp de Katyn) et a été envoyé dans un camp de travail. Sa famille – sa mère, son père, sa femme et son fils – a été envoyée en Sibérie et assignée à résidence dans le bourg où se déroule le récit.

On voit par petites touches la vie quotidienne dans la taïga, les plaisirs et les malheurs, la volonté de survivre, la joie de vivre et le mal de vivre. À l'exotisme de ce milieu (le lecteur français connaît parfois, par les récits des déportés, la vie dans les camps du goulag, mais il existe peu de descriptions de la vie « banale » en Sibérie pendant la Seconde Guerre mondiale) s'ajoute l'étrange fascination de la mort omniprésente. On assiste à la disparition successive, et pour ainsi dire *normale*, du grand-père, du père, de la grand-mère et enfin de la mère du héros. Lui-même échappe à l'inéluctable par un caprice du sort, le *deus ex machina* prenant la forme d'une femme polonaise inconnue qui le substitue à son propre fils mort et l'emmène vers l'ouest, vers l'Europe, vers la normalité.

Piotr Bednarski, poète et écrivain polonais, a puisé ce récit dans ses propres souvenirs d'enfance. Cette histoire est la sienne, elle sonne vrai dans toutes ses incroyables péripéties. C'est une contribution non seulement à la littérature universelle, mais aussi à l'histoire humaine. Le lecteur sera fasciné par ce récit, comme son traducteur l'a été…

Jacques BURKO.

Le tricot de marin

Nous étions toujours affamés, loqueteux, pleins de poux. La boule tondue à zéro, aux ciseaux et non à la tondeuse, donc en marches d'escalier, et nos têtes avaient l'apparence de pyramides mal bâties. Nous portions des culottes de cheval militaires, toujours trop grandes, qui nous arrivaient presque aux aisselles. Chacun les ajustait tout seul et de son mieux selon ses besoins, jamais une mère ou une sœur, et jamais, Dieu merci, de couturière. L'important était que les jambes puissent bouger librement et jouer à tout moment leur rôle. Le vêtement de dessus consistait en une veste ouatinée piquée, ce smoking soviétique des exilés et des déportés.

Nous n'avions conscience ni de notre misère ni de la mort omniprésente. C'était notre monde, notre réalité, notre quotidien. Nous n'avions rien connu d'autre ou alors nous l'avions oublié. Notre problème le plus important était de satisfaire la faim et de combattre le froid, deux aspects du destin qui nous talonnaient sans répit. Nous aspirions à devenir adultes. Mourir d'une balle, et non pas de faim ou de froid, était ce qui plus que tout le reste nous tenait en vie, nous obligeait à des efforts surhumains.

La réalité était cruelle, pire que chez les troglodytes, mais nous étions bien, puisque nous ignorions ce qui était bien. Rares étaient ceux qui parlaient du passé. Et si quelque grand-père européen se laissait aller jusqu'à se lancer dans une histoire de pays civilisé, nous l'écoutions comme on écoute un conte. S'il parvenait à capter notre imagination, nous le gratifiions du titre honorifique de chaman et de temps à autre nous lui rendions visite pour nous humaniser. Mais les grands-pères se faisaient de plus en plus rares, surtout les Européens, et avec eux disparaissait l'Europe. Les tentations somptuaires ne nous hantaient guère. Nous n'avions que notre vie, cette petite flamme de ciel sur la terre, délicate et subtile, exposée au souffle d'une époque de fer. Tout conspirait contre la vie, contre la nôtre tout particulièrement.

Pour la plupart, nous étions des personnes déplacées ; moi, j'étais un relégué. Mais la différence entre les relégués et les libres n'était connue que des organes du NKVD. Nul ne connaissait ses propres droits. Et personne ne posait jamais de questions sur rien, de peur de finir dans un camp.

Cela m'intriguait. Je ne pouvais saisir la frontière exacte entre les détenus, les relégués et les persécuteurs, si bien qu'un jour, oubliant les risques, je demandai dans la rue au principal plénipotentiaire du NKVD pourquoi les détenus étaient gardés par des militaires, et pas nous, les écoliers. Puisque quatre-vingts pour cent de notre bande, moi y compris, nous étions fils d'*ennemis du peuple travailleur*.

Il devait être de bonne humeur, peut-être venait-il de s'octroyer cent grammes de gnôle, car il m'ébouriffa les cheveux et me dit, en se penchant :

— Ils sont plus importants. Ils se sauvent tout le temps.

— Mais pour aller où ? On ne peut pas se sauver d'ici…

— Ils le savent, mais ils veulent mourir libres. Ils s'imaginent que la liberté commence derrière la porte. Quels imbéciles !

Il grinça des dents et partit.

Depuis cette conversation, chaque détenu était pour moi un prêtre, le prêtre d'une divinité inconnue. Mais prêtre il était, car s'il avait encore moins de perspectives que moi, son cœur était plus vaste.

Je répétai aux copains ma conversation avec le plénipotentiaire du NKVD. Mes paroles les embarrassèrent.

— Ils sont meilleurs que nous, c'est vrai. Mais qui est pire que nous ? murmura Isaak Goldman, d'Odessa.

— On n'a même pas le droit d'en discuter, énonça le Coréen Kim, un silencieux qui avait du mal à s'exprimer. Nous n'en sommes pas dignes. Et en plus, pas un de nous ne porte de tricot de corps de marin. Pire que nous, tu ne trouveras pas, même avec une lanterne.

C'était la vérité. Une vérité claire et transparente, comme de la porcelaine chinoise. Nous étions à la fois des parias et des janissaires, l'argile que Staline modelait avec son art de brute primitive. J'en fus effrayé.

Je me jurai, au tréfonds de moi-même, de me dénicher un tricot de marin, à n'importe quel prix. Et d'abord parce que Staline n'aimait pas les marins. C'est Beauté qui me l'avait dit. Beauté était le surnom de ma mère, elle faisait autorité dans notre compagnie, et tout ce qui venait de son cœur nous était chose sacrée. Dans un moment de sincérité alcoolique, Beauté m'avait chuchoté à l'oreille que les marins n'étaient pas des hommes à lui, malgré leur trempe et leurs mérites pour la cause de la révolution; que Staline haïssait d'ailleurs les hommes en général, qu'il n'aimait que les avions. Ils lui rappelaient les anges, ils étaient ses séraphins particuliers, volant dans le ciel de ce Dieu qu'il avait trahi, dont il s'était détourné encore à l'époque de son séjour au séminaire. Les avions apaisaient ses remords. Les avions et la vodka. Mais les cauchemars allaient de toute façon en venir à bout, ils lui feraient connaître ce dont il nous abreuvait. Ni les avions ni la vodka n'y pourraient rien.

En dépit de ces informations, je continuai à vouloir devenir aviateur, et peut-être le voulus-je encore davantage. J'avais l'intention de devenir un ange de Dieu. Être un aviateur plus tard, et dans l'immédiat posséder un tricot de marin. Ce rêve me rongeait depuis toujours. Mais après la remarque de Kim, affirmant que sans tricot de marin nous n'avions pas même le droit de discourir sur quelque chose d'aussi élevé que la mort, l'obtention de cet objet à rayures était devenue mon « être ou ne pas être ». J'ignorais encore que si un homme désire quelque chose de tout son cœur, jusqu'au tréfonds de lui-même, s'il croit

que le non-accomplissement de son désir signifierait
sa mort inévitable, alors un miracle arrive. Sans rime
ni raison, il tombe sur quelque chose qui rend la réali-
sation de son rêve possible.

Car comment ne pas appeler miracle le fait que
moi, qui ne trouvais jamais rien, et au contraire per-
dais tout, je devins soudain propriétaire d'une pièce
d'or de dix roubles ? N'était-ce pas un miracle si je me
trouvai tout seul ce jour-là, alors que je ne l'étais pratiquement jamais, si je traversai le pré par ce sentier rarement emprunté ? Et voilà que sur cette sente boueuse
gisait la pièce, impeccable, comme si quelqu'un venait
de la perdre ou de l'abandonner pour que je puisse la
trouver. Je ramassai l'or miraculeux ; incrédule, je le
lançai une paire de fois en l'air, avant de foncer sur-
le-champ vers la gare. Un réflexe.

Toujours, dans les instants de bonheur ou de malheur, je courais vers la gare, mon temple. On y trouvait en permanence des gens qui allaient quelque
part. On y rencontrait ceux que Staline avait caressés
de sa main démoniaque. La gare m'avait prouvé que
Satan n'était pas une superstition mais un être réel.
Je rencontrais toujours dans la gare et des anges et
le diable. Une fois de plus, ce plaisir ne me fut pas
refusé.

— Tiens, Petia, ça fait longtemps que je ne t'avais
pas vu. (Kosykh, l'inquisiteur de notre petite ville, me
manifesta sa cordiale bienveillance.) Et comment se
porte Beauté ?

— Elle aime les gens, elle, répondis-je avec défi.
C'est pourquoi elle est la Beauté !

— Et moi, ne suis-je pas un être humain ? demanda-
t-il d'une voix plus basse, et il me serra l'épaule jusqu'à me faire mal. Dis-moi ?

— Je n'en sais rien, répondis-je, en lui arrachant
mon bras.

Kosykh était tombé amoureux fou de ma mère.
L'amour au premier regard — sans réciprocité toutefois. Il avait le pouvoir de nous envoyer dans un
camp, mais son cœur ne le lui permettait pas. Pourtant, quand il avait bu, il jurait de nous expédier au
diable vauvert.

— Bon, bon, grogna-t-il pour faire la paix. Où
cours-tu ?

— Je veux acheter un tricot de marin.

— Quels types! ricana-t-il, en me regardant dans
les yeux. Ils veulent toujours ce qui n'existe pas.
Vous voyez tout le temps des choses que les autres ne
peuvent pas voir. Tu es comme ta maman.

Il fit un geste résigné et partit de son côté, en me
lançant par-dessus son épaule :

— Pour ce qui est du tricot, demande donc au machiniste ou au conducteur du train rapide de Vladivostok.
Il est justement à quai.

Ça, c'était une idée. J'eus honte de ne pas l'avoir
trouvée tout seul, et que le diable eût dû me la souf-
fler. Mais quoi, ils sont toujours plus malins et plus
pratiques que les humains ordinaires. Je fonçai vers
le quai. Je fis le tour du train. En vain. Pas la moindre
trace du conducteur. Je m'approchai alors du machiniste, qui inspectait quelque chose en nettoyant sa
chaudière. J'attendis qu'il eût fini. Il avait dû sentir

mon regard insistant, car il se redressa et descendit vers moi.

— Alors, qu'est-ce que tu veux me dire, petit héros ? Sors-le tout de go.

— Petit oncle[1], tu ne pourrais pas m'acheter à Vladivostok un tricot de marin ? demandai-je avec timidité. C'est une question de vie ou de mort, ajoutai-je pour souligner l'importance de ma demande.

— Mais sais-tu seulement ce que coûte de nos jours un tricot de marin ? Aujourd'hui tout vaut son poids d'or. Sans parler des tricots de marin. Tu sais ce que tu demandes ?

— Je sais, répondis-je. Je suis polonais.

— Hé, hé... alors, tu es un aigle. Voyez-vous ça... Je connais les Polonais, je leur ai fait la guerre en l'an vingt. C'est la vie, la vie..., soupira-t-il. Bien, qu'est-ce que tu donnes en échange de ce tricot ?

— Est-ce que ça suffirait ? (Je lui montrai ma pièce de dix roubles. Il l'examina, la mit dans sa poche de poitrine.)

— C'est un peu juste, dit-il en faisant le difficile. C'est bien trop peu.

— Mais je n'ai rien d'autre. (Je tendis des bras suppliants.) Même ça, je l'ai trouvé.

— Qu'est-ce que j'y peux, moi ? Bon, je vais essayer.

Il sortit un crayon chimique et, sur un lambeau de journal qui lui servait d'habitude à rouler son tabac, il inscrivit la date et l'heure de son retour :

---

1. « Petit oncle », « petite tante » : c'est ainsi que les gamins en Russie s'adressent à des adultes inconnus. (Toutes les notes sont du traducteur.)

— Mardi prochain, à vingt heures quarante-cinq. N'oublie pas.

— Et toi, essaie très fort, petit oncle.

Le machiniste était svelte, de haute taille, son visage marqué par les rides respirait la gentillesse. Ses yeux étaient bleus comme le ciel immense d'été. Ses yeux justement m'inspirèrent une idée.

— Si tu me l'achètes, je te montrerai quelque chose, ajoutai-je mystérieusement.

— Que vas-tu donc me montrer ?

— La Beauté, petit oncle. Si tu me l'achètes, tu ne regretteras pas.

— La beauté ? s'étonna-t-il. La beauté. Tu as dit que tu me montrerais la beauté, murmura-t-il avec dans la voix l'ostentatoire nostalgie russe. Quand donc l'ai-je chantée, quand donc l'ai-je dansée… la beauté… (Il se reprit enfin.) Bon, sauve-toi, il me faut encore manger la soupe. N'oublie pas la date, et souviens-toi de ta promesse.

Depuis cet instant, je compris ce que signifie attendre une chose désirée. Je ne savais plus que faire. Des idées folles me venaient en tête. Je devins si serviable et si travailleur que même mes copains furent convaincus que j'avais commis quelque sottise. Beauté également se rendit compte de mon changement et finit par vouloir me tirer les vers du nez.

— Qu'est-ce que tu as donc sur la conscience, dis-le tout de suite !

— Oui, je te le dirai, mais habille-toi bien et viens avec moi. Je t'en prie, je t'en prie.

Je fus soulagé d'un énorme poids. Le problème se trouvait résolu. Je m'étais inutilement tourmenté pour savoir comment persuader Beauté de venir à la gare. J'avais retardé la demande jusqu'au dernier moment. Et voilà encore un miracle ! D'abord rongé par l'attente, et désormais plein de joie, je sautai au cou de maman. Elle fut bientôt prête. Comme elle était merveilleuse, ma Beauté !

À notre arrivée à la gare, le rapide de Vladivostok était déjà là. Et quand le train est là, le quai s'anime. Nous nous frayâmes un lent chemin vers la locomotive. En apercevant le machiniste, je demandai à ma mère de m'attendre. Et je fonçai.

Le machiniste sourit en me voyant.

— Salut ! dit-il paisiblement. Et où est la beauté ?

— Tu as mon tricot ?

— Sûr que je l'ai !

Il disparut un instant, pour réapparaître avec un petit paquet à la main :

— Regarde !

Un frisson me parcourut.

— Descends de ta loco ! criai-je, et je courus chercher ma mère.

— Voici Beauté, dis-je en montrant maman lorsque nous arrivâmes devant lui.

— De quoi s'agit-il, les gars ? demanda ma mère.

— Secret militaire, répondis-je, sans cacher un sourire.

Le machiniste était comme envoûté. Ses yeux s'immobilisèrent et ses sourcils levés ne voulaient plus redescendre.

— Seigneur Dieu ! murmura-t-il inconsciemment, en prenant la main de ma mère pour y presser son visage.

L'instant d'après, il revint à lui et salua galamment. Il finit par baiser les deux mains de Beauté.

— J'ai combattu Pilsudski, je sais comment on doit traiter les Polonaises. Merci, fiston. (Il s'adressa à moi et me tendit le paquet.) Toi aussi, je te remercie. (Il regarda encore ma mère.) Bon, il me faut y aller, on part dans un instant. Au revoir. Je te remercie encore, fiston. (Il me souleva, me serra fortement contre lui.)

Quand le rapide se coula dans le mur noir de la taïga, je défis le paquet. C'était vrai ! À mon tour, j'étais comme envoûté. L'émotion me mouilla les yeux.

— Bien, tout va bien. (Ma mère me caressa la tête d'un geste apaisant.) Sèche tes larmes, nous rentrons. Mais sois toujours salé, le sel donne du goût à tout.

— Je serai salé, acquiesçai-je à ses étranges paroles.

Bien entendu, je fis sensation à l'école. Quand, ma veste pendue au crochet, je défilai en direction de ma classe, le couloir bourdonna comme une ruche. Et ça bouillonna aussi durant tous les cours et durant les récréations. Mes amis ne me quittaient plus d'un pas. Avec précaution, Kim toucha mon tricot et dit :

— À présent nous pouvons discuter de tout. À présent nous avons même le droit de devenir philosophes.

Après les cours nous allâmes dans le pré, jouer à la palette. Le jeu fini, pendant que je soufflais, je remarquai que Kolia Dovjenko, un garçon de l'orphelinat, était parmi nous. Il était apparu dans notre bourgade quelques mois plus tôt. Ses parents étaient dans un camp. Lui-même était ballotté d'un endroit à un autre, pour insubordination. Il refusait de renier ses parents, de les déclarer ennemis du peuple. Les prières et les menaces n'y pouvaient rien. Il n'était même plus obligé de l'écrire, il aurait suffi qu'il signe un texte stéréotypé. Mais il refusait toujours, répétait invariablement qu'il ne savait pas tracer les lettres.

Je remarquai Kolia car il s'était assis de façon à ce que je le remarque. Je lui fis un clin d'œil de connivence. L'instant d'après, il vint s'asseoir à côté de moi. Je sentis qu'il attendait quelque chose. Quand un gars de l'orphelinat apparaissait parmi nous, les libres, c'est qu'il avait quelque chose à demander.

— Parle, Kolia. Te gêne pas !

— Ben, je ne sais pas…, répondit-il, incertain.

— Vas-y !

— Tu vas rigoler…, ajouta-t-il au bout d'un instant. Voilà, je voudrais que tu me prêtes pour dix minutes ton tricot de marin. Je le mettrais, je resterais assis avec toi un peu et puis je te le rendrais.

Il y avait tant de souffrance dans la voix de Kolia et mon cœur fut si sensible à sa demande que je sentis des larmes dans mes yeux. Je baissai la tête afin que par hasard il n'aperçût pas ce sel humain. Tous les deux nous nous figeâmes dans le silence.

— Bien, Kolia, lançai-je au bout d'un moment et j'enlevai le maillot. Et quand il l'eut enfilé, je lui tapai sur l'épaule, et puis j'ajoutai d'un ton rogue : Je te le donne pour toujours.

— Pourquoi, tu en as un autre ?

— Non, je n'en ai pas, répondis-je. Mais qu'il te porte chance.

Je remis ma veste et partis chez moi. Et, en marchant, je me sentis comme doit se sentir un chien qui, après une longue errance, retrouve enfin son maître.

Le Sermon sur la montagne

Ce jour-là, ma mère rentra plus tard que d'habitude. J'avais imaginé qu'un invalide, un de plus, était revenu de la guerre et que Beauté avait été invitée au bal de bienvenue, bal arrosé de gnôle. La guerre et le goulag tournaient à plein régime et donc les bals aussi se succédaient sans répit. La beauté de ma mère, son tact, son optimisme et sa manière plaisante d'être avaient généré un tel mythe que sa présence à chaque bal était devenue une nécessité. Des gens de connaissance comme des inconnus venaient la chercher à l'hôpital même où elle travaillait pour l'emmener chez eux. Beauté ne refusait jamais. Elle aimait la joie, et surtout la joie qui mêle le rire et les larmes.

Or je m'étais trompé. Ma mère n'était pas allée à un bal. L'expression de son visage l'attestait. Le visage de Beauté rayonnait de joie, d'une joie différente. Une joie qui se teintait de quelque chose d'inexprimable.

— Nous avons désormais la parole divine dans notre maison, dit-elle dans un joyeux murmure, et elle tira de son cabas une bûche de mélèze, de celles que j'enfournais chaque jour dans notre poêle. Ne crois pas que j'aie perdu la raison, ajouta-t-elle en voyant mon air surpris.

Elle retira des chevilles de bois de chaque côté et la bûche s'ouvrit. À l'intérieur, dans une cavité, reposait un livre relié de cuir. Elle le prit, le baisa ; j'en fis autant. Puis elle joignit ses mains en un geste de prière et me demanda de dire la bénédiction. Puis, comprenant que je ne savais pas ce qu'était une bénédiction ni quelle en était la teneur, elle l'écrivit sur une feuille et me la tendit en ajoutant :

— Les femmes n'ont pas le droit de bénir. C'est un privilège des hommes.

J'acquiesçai de la tête et je murmurai la formule avec application :

— Sois béni, Jéhovah, Dieu de l'univers, pour ce que Tu as créé l'homme et la Bible.

— Je suis si heureuse, dit-elle en me serrant contre elle. Nous sommes des êtres de Dieu désormais. Une maison sans la Bible est comme une cuisine sans cheminée. Garde-la, mon garçon, comme la prunelle de tes yeux. Tu vois avec quel soin son ancien propriétaire la cachait des méchants.

Dans les veines de ma mère coulait du sang juif. Sa grand-mère, donc mon arrière-grand-mère, avait été une Juive kurde, dont elle avait hérité non seulement la beauté mais aussi le cœur — ce qu'elle soulignait toujours avec fierté — et une relation de piété avec la parole de Dieu. Le jour de notre déportation, ma mère n'avait pas perdu sa présence d'esprit. L'exil lui était

familier, elle n'oublia donc pas sa bible. Elle l'enve-
loppa dans une robe du soir noire et la dissimula au
fond de la valise. Et la Bible parvint ainsi avec nous
jusqu'à la terre de notre exil. Mais à la station termi-
nale, en descendant, ma mère trébucha. En heurtant
le sol, sa valise s'ouvrit et tout son contenu se répandit
sous les pieds de l'homme du NKVD qui passait par là.

Et cela arriva. Un soldat de l'inquisition stalinienne
pouvait ne pas remarquer de l'or ou même du pain,
mais il ne pouvait rater une bible ou un autre écrit.
Une telle distraction se payait très cher. Il ne la rata
donc pas. Il l'extirpa de la robe, la feuilleta et, n'ayant
rien trouvé d'autre à l'intérieur, la jeta dans le feu qui
brûlait sous la surveillance d'une sentinelle. Il recula
ensuite pour regarder ma mère, mais ne dit rien, bien
qu'il en eût l'intention, il était même revenu dans ce
but. La beauté de ma mère l'avait laissé interdit.

— Tu l'as livrée aux flammes, lui lança-t-elle au
visage dans un murmure de désespoir. Elle te le revau-
dra un jour.

Il ne répondit rien, se mordit les lèvres et s'éloigna.

Ma mère fut très affectée par la perte de sa bible.
Tout au long des premières semaines de notre exil,
elle avait répété à chaque occasion que sans la Bible
elle se sentait comme si on avait violé le secret de son
âme. Elle m'embrassait plus souvent qu'à l'accoutu-
mée, me serrait contre sa poitrine. Elle tremblait pour
moi et, me regardant dans les yeux, elle murmurait :
« Comment donc pourrai-je t'élever sans la Bible ?
Ton père est Dieu seul sait où, la Bible a brûlé. Que

vais-je faire ? Car un garçon qui ne lit pas les Saintes Écritures depuis son enfance devient un démon. »

J'avais été très peiné de voir ma mère se désespérer à cause de moi et je lui promis solennellement d'être bon, aussi bon que la chaleur dans les jours de grand froid.

Toutefois, bien qu'on prétende le contraire, le temps est le meilleur allié de l'homme. Et le plus fidèle. Que nous le voulions ou non, il nous guide toujours vers notre but ; s'il nous précipite dans le tourment, il nous en sort aussi ; sans cesse il nous blesse et soigne nos blessures. Ma mère fut guérie aussi. Elle ne se lamentait plus sur les cendres, elle tombait de moins en moins souvent dans des méditations qui m'effrayaient ; elle se mit même à sourire et à chantonner doucement *Rébecca*[1]. Et lorsqu'elle fut acceptée à l'hôpital, au poste pour lequel elle avait postulé avec insistance, la perte de la Bible sembla se dissoudre dans l'oubli.

Il s'avéra toutefois qu'il n'en était rien. Ma mère s'était tue, mais sans oublier, le ver du souvenir la rongeait sans répit. Moi seul j'avais oublié. Je sentis des remords : je m'étais trop facilement débarrassé du drame de ma mère, n'en gardant aucune trace, aucune cicatrice… Je compris alors comme jamais jusque-là qu'une blessure de l'âme s'apaise difficilement, que le temps ne guérit pas toujours ces blessures-là, et aussi que nul n'a le droit d'oublier les besoins du cœur de son prochain.

---

1. Chanson juive en polonais, très populaire en Pologne entre les deux guerres.

Elle me regarda avec amour, ses yeux se firent encore plus sombres, sombres comme le ciel d'hiver, sans lune et sans nuages, où pulsent les galaxies. Dans ses yeux aussi des constellations pulsaient, de mystérieux points lumineux que je ne savais pas encore déchiffrer, bien qu'ils me fussent destinés.

— Ce n'est rien, mon garçon, murmura-t-elle. Tu failliras encore plus d'une fois. L'homme tombe tout au long de sa vie. L'essentiel est que tu te relèves avec du cœur. Et à présent, lis-moi le *Shema*. Tu n'imagines pas comme j'ai la nostalgie de ces paroles.

Elle trouva le chapitre et me montra à partir de quel verset il fallait lire. « Écoute, Israël, le Seigneur est nôtre, le Seigneur est un[1]. »

Les paroles que je venais de lire m'émurent, parvinrent là où personne encore ne m'avait atteint. Je me taisais, ma mère aussi se taisait. Pour la première fois depuis notre exil, Dieu nous parlait, nous étions de nouveau parmi les élus. Est-ce qu'une interrogation quant au motif de notre exil pouvait alors naître en moi ? Certes oui, cependant elle ne germa pas. J'ignore pourquoi, mais jamais je ne demandai à Dieu pour quelle mienne faute Il m'avait gratifié du froid sibérien et de la faim, pourquoi Il avait permis aux innombrables démons de prospérer. Sans doute parce que dans ses vertes années l'homme n'est pas en mesure d'interroger Dieu et préfère L'écouter. L'écouter et s'en réjouir, se réjouir de ne pas en avoir été abandonné.

---

1. En russe dans le texte.

Ce fut pour nous un instant solennel. Pour moi surtout. Je venais de sentir que j'étais exceptionnel, j'avais compris de tout mon être que j'étais singulier, unique, qu'il n'y avait jamais eu auparavant d'être tel que moi, et qu'il n'y en aurait jamais plus tard.

Cette révélation fut à la fois merveilleuse et effrayante. Oui, chaque être humain est un joyau. Toutefois, parvenir à cette conviction en exil, quand un homme n'est qu'un déchet, quand un animal est plus précieux car on peut le manger ou le vendre – en prendre conscience et s'en désespérer en ce temps de guerre, c'était l'enfer. Dans un réflexe je saisis la main de ma mère, comme pour lui signifier que j'étais vivant, que je lui appartenais. Elle me rendit l'étreinte.

– Je n'aurais jamais pensé que ce serait en russe que Dieu conclurait son alliance avec toi, murmura-t-elle les larmes aux yeux. Aussi tu dois aimer ce peuple, dans ce qu'il a de bon et de mauvais. Ce peuple est assurément l'épreuve destinée à ton cœur.

J'ignorais encore que dans l'univers des adultes un peuple peut être préféré à un autre, qu'un Blanc est supérieur à un Noir et un Allemand à un Juif. Je savais seulement qu'il y avait des hommes bons et des mauvais, et que le pouvoir était l'apanage des psychopathes et des mégalomanes. Aussi loin que je me souvienne, j'évoluais dans une société de peuples divers et le réflexe nationaliste m'était étranger, voire incompréhensible. La demande de ma mère me sembla alors juste une fioriture ou la constatation d'un fait. Mais ma mère n'avait pas l'habitude de parler pour ne rien dire ; elle en savait plus, elle souffrait plus et plus profondément de la grisaille quotidienne, elle comprenait mieux que moi combien il était difficile d'aimer les Russes, ces Russes sur qui régnait Staline.

Ainsi débuta ma quête de la Toison d'or : la Bible. Sur les conseils de ma mère, je commençai par le Nouveau Testament. En un après-midi je lus l'Évangile selon saint Matthieu. Le contenu me bouleversa. J'allai dehors, m'assis sur un petit banc, et jusqu'au retour de ma mère je fixai l'infini du ciel où scintillaient les étoiles. L'Évangile que je venais de lire me fit prendre conscience de ce que nous, les exilés, nous étions bénis, que la majeure partie des hommes de ce monde appartiennent à Dieu, car ils supportent le froid, la faim et les persécutions, tandis que ceux qui nous maltraitent ont déjà reçu leur compte. Les rejetés ne souffrent plus, et si cela arrive, ce ne peut être que par leur propre faute.

J'appris par cœur le Sermon prononcé sur la montagne et je m'efforçai de vivre dans les limites indiquées par les bénédictions. Les Évangiles m'ouvraient de plus en plus au monde, et l'esprit qu'ils dispensaient généreusement se mit à revendiquer ses droits : il fallait le partager avec les autres. L'esprit appelait mais je me taisais, attendant le moment approprié, l'instant où je pourrais faire un bon usage du savoir reçu. Il ne me fallut pas attendre longtemps.

Lors de l'heure d'éducation civique, on nous demanda comme d'habitude ce que nous voudrions devenir plus tard. La petite bande à laquelle j'appartenais constituait un groupe de choc, chacun de ses membres voulait être soit marin, soit aviateur. La profession de géologue, prospecteur de trésors, était également tolérée, selon les paroles du chant « Sur la terre, dans le ciel et en mer[1] ».

Ce fut Sachka Sverdlov que le sort désigna cette fois. La réponse de Sachka ne fut pas banale, il nous surprit, nous ramena au ras du sol. Le plus simplement du monde il déclara qu'il aurait aimé devenir une miche de pain, parce que le pain, lui, n'a jamais faim, et puis chacun aime le pain.

La bande bouillonna. On regardait Sachka comme un traître, on lui en voulut d'avoir dit ce que nous essayions de dissimuler. Car chacun de nous pensait sans cesse au pain et aspirait à en avoir à satiété. Nos rêves étaient remplis de pain. Pour du pain, nous volions. Justement, dans ce domaine Sachka était un artiste, voleur comme pas un ; ses escamotages témoignaient d'un talent inné. Ce n'était plus du vol mais de la magie, la main gauche ne savait jamais ce que faisait la droite. Nous pouvions toujours compter sur Sachka, il était notre ultime planche de salut.

Après les cours nous partîmes dans les prés. Et la dispute commença. Presque toute la bande était d'avis de bannir le renégat. Sachka était assis à côté de Kim le silencieux et traçait de son bâton des

---

1. Début du refrain d'un chant soviétique populaire avant et durant la guerre.

arabesques sur le sol. Cette vue m'évoqua Jésus, qui avait fait de même lorsqu'on lui avait amené la femme adultère pour qu'il la condamne. Un frisson me parcourut.

— Sachka a dit la vérité, dis-je, interrompant le silence. Et c'est pour ça que nous avons mal. Moi aussi, ça me pèse. Moi aussi, j'ai honte de ne penser sans arrêt qu'au pain. La vérité fait toujours mal.

— Mais il n'avait pourtant pas faim quand il a déliré. Je l'ai vu de mes propres yeux dévorer du pain avec un oignon, objecta notre Capitaine, qu'on appelait brièvement le Cap.

— Et moi, hier, je n'ai rien mangé du tout, dit avec fierté le plus jeune d'entre nous, le Biélorusse Kotlas, en me regardant de ses yeux déjà fiévreux.

— Tous, nous sommes affamés comme des chiens ! cria l'Estonien Eric.

— Bien, dis-je. Ne pleurons pas, ne divaguons pas. Faisons comme Jésus-Christ a fait dans une situation similaire. Il a déclaré : « Que celui qui est sans péché lui jette la première pierre. »

Ils comprirent l'allusion. Le silence se fit. Toutes les têtes se penchèrent. Luttaient-ils contre eux-mêmes, ou pensaient-ils encore au pain ? Le silence s'étirait, de plus en plus pesant.

— Sachka attend, dis-je. Annoncez le verdict.

— Il reste, décida le Cap. Mais dis-moi, qui était ce Jésus-Christ dont tu as parlé ?

« N'oublie pas que tu es un apôtre », me murmurai-je tout bas, ému au point de transpirer. Ma gorge se serra. Je toussotai et me mis à parler.

Comment arrivai-je à peindre le personnage du Fils de l'Homme ? Sa vie belle mais difficile, et le sentier pierreux qui menait vers le Golgotha. Je parlais de façon chaotique, les pensées se bousculaient et ne me laissaient pas achever mes phrases, mais le cœur y était. Je brûlai trop vite, les mots me manquèrent et je finis en constatant que c'était tout ce que je savais. Mais qu'ils écoutent donc comment Jésus enseignait. Et alors sans bafouiller, calmement et en y mettant de l'émotion, je récitai le sermon que Jésus avait prononcé sur la montagne.

Quand j'eus terminé, je regardai les garçons. Ils me contemplaient, fascinés. Leurs visages immobiles et recueillis prouvaient qu'ils étaient envoûtés, que mes paroles s'étaient gravées dans leurs cœurs.

— Bénis soient les persécutés, murmura notre Cap en se dressant. Rentrons à la maison. Demain tu réciteras ce discours encore une fois.

Je déclamai le sermon cinq jours d'affilée, après les cours. Les bénédictions insufflaient du courage, donnaient des forces. Il nous était plus facile de supporter la faim et de sourire aux autres. Les choses en arrivèrent au point où le Cap ordonna à tout le monde de recopier le sermon et de l'apprendre par cœur. Il l'apprit lui-même et interrogea chacun de nous.

Nous répétions désormais les bénédictions à chaque occasion, ce qui ne pouvait échapper à l'attention de nos éducateurs scolaires. Quelqu'un dut sans doute me dénoncer comme étant celui qui récitait le sermon et je fus le premier à atterrir chez le directeur.

Il n'était pas seul. Un homme d'âge moyen, aux traits expressifs et aux sourcils broussailleux et hirsutes, était assis à son bureau.

Le directeur commença :

— Nous avons entendu, Petia, que tu faisais des discours. Peux-tu nous répéter ce que tu racontes ?

— Je peux (et sans attendre la permission je récitai tout le sermon).

Ils ne m'interrompirent pas, ils m'écoutèrent avec intérêt.

— Et qui donc t'a appris tout ça ? me demanda l'étranger quand je m'arrêtai.

— Ma grand-mère, répondis-je. Ma grand-mère qui s'est perdue sur le chemin de l'exil. Nous la cherchons toujours, peut-être n'est-elle pas encore morte.

— Elle est sûrement morte, rétorqua froidement l'étranger. Ceux qui sont comme ta grand-mère partent très vite, s'ils racontent de pareilles histoires. Et toi, tu sais qui était Jésus de Nazareth ?

— Je sais. C'était un Juif. Un Juif très sage, ajoutai-je.

— Qu'a-t-il donc dit d'extraordinaire ? intervint le directeur de l'école.

— « Ne fais pas à autrui ce que tu ne voudrais pas qu'on te fît. »

— Mais sais-tu que le Christ n'a pas existé, que ce ne sont que des contes ?

— Je ne savais pas. Maintenant, je le saurai. Et je sais aussi pourquoi ma grand-mère me parlait de Jésus-Christ.

– Elle t'en parlait peut-être, mais nous, nous t'interdisons d'en parler.

– On n'a pas le droit de raconter des contes? demandai-je.

– Si, on a le droit. Mais pas sur Jésus, ajouta sèchement l'étranger. Ce sont de mauvais contes. Des contes pas communistes. Si tu aimes lire et raconter, alors, prends *Le Capital*.

– C'est aussi un conte?

– Pas tout à fait. C'est de la philosophie. Tu peux en parler. Mais pas de sermons et pas de contes de ta grand-mère; n'en raconte plus à personne, ou ça ira mal. Ne fais pas de tort à ta mère. Allons, va-t'en et souviens-toi de ce que nous t'avons dit.

On m'avait convoqué après les cours, je pouvais donc rejoindre les gars sur le pré pour jouer à la palette. Cependant, je n'y allai pas. Quelque chose d'irrésistible me poussait vers la maison. Et mon pressentiment ne m'avait pas trompé. Notre appartement était béant, tout y était sens dessus dessous.

– Ils sont venus, les autres, me dit sur un ton entendu Frosia, notre voisine de l'autre côté du couloir et la propriétaire de la maisonnette de deux pièces où nous vivions. Ils ont cherché chez moi aussi. Même dans le poêle ils ont fouillé. Et s'ils fouillent, c'est signe que mon gars est vivant. On peut survivre même à la Kolyma. Sinon, pourquoi auraient-ils cherché? il n'y a pas d'or chez nous.

– De l'or, ils en ont, grand-mère, ce n'est pas de l'or qu'ils cherchent, c'est Dieu.

Je rangeai l'appartement et, le cœur battant, je me dirigeai vers la réserve de bois. Un soupir de soulagement vida ma poitrine. La bûche où nous avions caché la Bible était à sa place. Des larmes de joie brûlèrent les coins de mes yeux.

— Sois béni, Seigneur, roi de l'univers, pour ce que Tu as permis à l'homme d'être rusé comme le serpent en cette époque de reptiles, murmurai-je avant de courir rejoindre mes camarades sur le pré.

Néfertiti

Avec ma mère le bon Dieu n'avait pas lésiné sur la beauté. Elle était belle comme Néfertiti, plus belle peut-être. Leurs destins aussi se ressemblaient quelque peu. Ni l'une ni l'autre n'avaient eu de chance. Ma mère toutefois en était consciente ; elle recevait les coups avec une résignation bien juive. Notre exil n'avait tenu qu'à un fil, mais une fois de plus, la petite lumière mystique de ma mère avait été éclipsée par l'éclat vulgaire de l'étoile rouge avec la faucille et le marteau plantés en son milieu. L'officier du NKVD qui décidait de la déportation s'était figé de stupeur à la vue de ma mère. Jamais il n'avait vu une femme aussi belle. Cette beauté l'avait ému un moment au point de le rendre humain. Désignant ma mère, il avait dit à son second :

— Ce serait dommage de gâcher une pareille beauté. Si on la rayait des listes ?

— L'ennemi n'est jamais beau, avait répondu l'autre, un fonctionnaire du comité de la ville qui devait penser qu'on cherchait midi à quatorze heures, et que, s'il acquiesçait, il pourrait bien être dénoncé et envoyé

là où il était justement en train d'envoyer les autres.
Et puis, la beauté est nécessaire partout, même là où
s'ébattent les ours blancs. Nous aussi, nous sommes
partout nécessaires.

C'est ainsi que nous partîmes. On nous entassa
dans les profondeurs sombres et froides d'un wagon
à bestiaux qu'on boucla avec des barbelés pour nous
conduire vers les forêts à zibelines. Parce qu'une
beauté comme celle qui irradiait de ma mère était
nécessaire là-bas aussi. La beauté est nécessaire partout où l'homme se fait animal, partout où on s'efforce
d'en faire un démon.

Ma mère n'avait pas de chance, mais elle avait du
succès. Elle avait du succès, mais elle était sensible au
mal. Elle plaçait la bonté du cœur au-dessus de tout.
D'instinct, elle reconnaissait les méchants et les évitait
autant que possible. Mais le pouvoir en ces temps-là
appartenait au mal absolu. Le mal prospérait comme
jamais le bien n'avait fleuri en ce monde. L'empire de
Staline organisait avec un acharnement diabolique les
fameuses années quarante.

Ma mère avait à ses trousses l'esprit du mal de ces
années-là. Car quel homme pourrait passer indiffé-
rent à côté d'une femme aussi belle ? Il n'en existait
pas. Chacun devant une telle apparition s'enflammait,
se mettait à grandir. Pas seulement au figuré. Et il
était facile d'imaginer combien les hommes étaient
robustes là où on nous avait exilés. Ces hommes
dévoraient ma mère des yeux et usaient de toutes les
diableries possibles pour la faire céder. Mais ni les
prières ni les menaces n'y pouvaient rien – ma mère

en un mot n'avait peur de rien. Elle avait l'habitude
de dire : « Tout va mal, mais nous sommes en vie ; et
si ça empire encore, nous survivrons quand même. »
Les galants effrontés, elle les insultait simplement,
disant que son cœur ne pourrait appartenir qu'à un
homme, un vrai. Or les hommes véritables étaient
soit au front, soit au goulag. Et puis, disait-elle, si
tu me veux, il te faut m'épouser. Or l'écrasante majo-
rité des prétendants étaient déjà empêtrés dans des
liens matrimoniaux ; leurs épouses travaillaient dans
le même département qu'eux-mêmes et un manège
aussi sacrilège n'aurait pu rester impuni. Et puis, qui
parmi les hommes de cet acabit aurait osé épouser la
femme d'un officier de Pilsudski ? C'était la Kolyma
à coup sûr.

Pourtant, aucun de ces bonzes rouges ne perdait
espoir. Et lorsque l'un ou l'autre parmi eux se sentait
blessé, il s'installait pour rédiger une dénonciation
dont le contenu pesait quinze ans de détention. Toutefois, ces dénonciations ne gravissaient pas la voie
hiérarchique, car celui qui les recevait connaissait la
musique et jetait au panier ces messages du désespoir.
« Eux », comme les appelait tata Frosia, les hommes
de Staline, ignoraient les sentiments d'amitié et ne faisaient confiance à personne, ils soupçonnaient tout
le monde, y compris leurs propres épouses, qui leur
rendaient d'ailleurs la pareille. Et cependant, quelque
part au fond de leur cœur restait un peu d'humanité
et ils étaient capables de mansuétude, du moins de
celle compatible avec leur égoïsme. Beauté, comme
ils avaient appelé ma mère, était à eux, une beauté

qui donnait de la saveur à leur existence cruelle. Elle était leur arc-en-ciel, leur arche d'alliance avec l'humanité. Comment auraient-ils pu admettre que Beauté fût arrachée à leur bourgade ?

L'amour pousse les hommes à faire le bien comme le mal. Les hommes bons accomplissent des exploits étonnants, les méchants font simplement le mal. Il est difficile d'appeler amour le sentiment que les fourbes staliniens portaient à ma mère, cependant je n'ai pas le droit de nier que leur passion venait du cœur. Les dénonciations contre Beauté étaient écrites par des hommes qui l'aimaient, et jetées au panier par d'autres qui s'usaient aussi les yeux à la regarder. Qui lui confessaient ensuite leurs nobles exploits. Ma mère ne savait pas qui écrivait et qui détruisait les dénonciations. Chacun d'eux finissait par faire l'un et l'autre. Le cercle se refermait.

– Vous pouvez recommencer, dit un jour en ma présence ma mère à Kosykh, l'inquisiteur de notre bourgade. Tout le monde m'a déjà craché dessus. Chacun de vous a déjà payé sur mon dos sa dette envers la patrie. Vous avez remboursé vos dettes, et moi, cela ne m'a en rien diminuée. Si tu savais (elle se mit à le tutoyer) combien j'en ai assez, de vous tous. Jusque-là. (Et elle passa sa main au-dessus de sa tête.) Fais-moi donc déporter à la Kolyma, j'y connaîtrai peut-être le goût de la liberté. Parce que ici c'est pire que chez Gogol.

– Katia, répliqua en rougissant Kosykh, ne parle pas ainsi, je t'en supplie. Je t'adore. Je vais mourir à cause de toi. J'avais rêvé d'être acteur, j'en rêve toujours. Mais ça n'a pas marché. Ma Tania, elle m'a enfoncé dans les couches pour bébé et dans le service ; dans toute cette puanteur.

Ses yeux brillaient. Il se dressait tel un remords face à nous. Il ressemblait un peu à un Circassien ou à Savonarole. La nature l'avait sans nul doute gratifié d'un certain talent et il était conscient de se gâcher. Ma mère le devina. Un léger sourire de compassion anima ses lèvres. Elle tapota la joue de Kosykh.

— Boria, Boria, pourquoi t'es-tu ainsi fourvoyé ? Mais tu peux encore te récupérer peut-être. Sauve-toi d'ici avant de devenir une brute complète. Ici tu ne saurais ni me trouver, ni te retrouver, toi. Ni moi non plus je ne pourrais t'y trouver. Comprends bien ce que je te dis.

— Katia, je vais devenir fou ! murmura-t-il, saisissant la main de ma mère.

— Ça, ça pourrait te sauver. Deviens fou, oui, mais ne perds pas la raison. Allons, va-t'en, va…

Il hocha la tête et s'éloigna en se mordant les lèvres. Il marchait lentement. Il se traînait en fait comme un jour sans pain. Sa démarche n'évoquait ni don Quichotte ni Hamlet ; plutôt un démon conscient d'avoir peu de temps devant lui, et qui sait qu'on l'a déjà passé par pertes et profits.

Après cette conversation, l'importunité des prétendants sembla s'atténuer quelque peu. Kosykh y était-il pour quelque chose ou y avait-il d'autres raisons ? En tout cas ma mère parlait plus rarement de la goujaterie de l'un ou l'autre des « uniformes ». Ce lui fut un soulagement. Les traits de ma mère perdirent leur dureté, devinrent plus lyriques. Et elle me souriait plus souvent.

Le printemps arriva, et en un mois il se mua en été. Tout ce qui était appelé à vivre tétait la terre et buvait le soleil. Tout fleurissait, tout s'épanouissait à vue d'œil. Les hommes s'épanouissaient aussi, devenaient plus beaux, se tendaient les uns vers les autres, comme s'il n'y avait pas la guerre, comme si les camps avaient été abolis.

Les changements de la nature aspirèrent aussi dans leur tourbillon ma mère. Le printemps fit s'ouvrir son cœur, Beauté tomba amoureuse. L'heureux élu s'appelait Sachka Koltsov, un aviateur récemment démobilisé pour cause d'invalidité. Son avion avait été touché et c'était miracle si Sachka était vivant. Il s'était un peu fracassé à l'atterrissage, mais n'avait pas brûlé, ayant réussi à ramper hors de son cockpit. À l'hôpital on lui avait coupé la jambe droite au-dessus du genou et trois doigts de la main gauche.

Beauté avait fait la connaissance de Sachka probablement lors de son bal de bienvenue – tous ceux qui rentraient de la guerre y avaient droit. Il se mit à fréquenter notre maison, et Beauté la sienne. La mère de Sachka était aux anges : la dame polonaise avait choisi son fils ! Moi aussi, j'avais des raisons d'être content. Sachka n'était-il pas pilote ? Je retenais mon souffle en l'écoutant conter les vols en rase-mottes, les vrilles, les types d'avions allemands, soviétiques, anglais ou américains, leurs qualités et leurs défauts.

À peine deux semaines plus tard je savais qui étaient les frères Wright et Tanski, quelle silhouette avait le SKZ et quelle était celle du Junkers, et en quoi le Yak 9 différait du Spitfire. Les gars me jalousaient. Le chef de notre bande dit un jour comme en passant que le bonheur, ça se partageait, que le printemps était venu et que chacun avait envie d'un coin de ciel. Je compris l'allusion et je demandai à Sachka de faire un jour un tour du côté du pré pour rencontrer mes copains. Il accepta.

Beauté vint avec lui. Ils nous attendirent à la sortie de l'école. J'étais à la fois gêné et heureux. Ils étaient assis côte à côte, n'écoutant qu'eux-mêmes, comme les premiers êtres humains à qui auraient été donnés la vie et le paradis. L'enfer régnait tout autour, l'enfer de la guerre, l'enfer du goulag, une géhenne de faim et de dénonciations, mais eux, ils étaient au paradis, dans une Arcadie humaine – donc fragile – mais indubitable, là où l'on atteint le fond des cœurs, où l'on entrevoit le sens de la vie.

Sachka envoûta les garçons tout comme il m'avait envoûté. Beauté ne fut pas en reste, et charma tout le monde. Ma mère était vêtue à l'européenne, de son tailleur d'été couleur de bleuet ; ses cheveux noir de jais coulaient sur ses épaules comme des vagues d'une mer enchantée. Beauté et Sachka étaient une parcelle du monde de nos rêves. Chacun de nous, après cette rencontre, se sentit plus grand, plus sûr, génial comme Mendeleïev. Même Kim, notre Coréen d'habitude si renfermé, frappa à la volée son genou de son poing, et murmura, inattendu : « Je me ferai moine bouddhiste. Vous, vous volerez, et moi, je prierai. »

Cependant, personne ne prêta attention aux paroles de Kim. L'excitation nous emportait, car Sachka promit de nous revoir chaque semaine, jusqu'à la fin de l'été.

Cependant il n'y eut pas d'autre rencontre. C'est fragile, la vie d'un homme : aujourd'hui il est là et demain il n'est plus. Un homme méchant attenta à la vie de Sachka. L'ardent adorateur de Beauté fut assassiné près de sa propre maison, d'une série de coups violents derrière la tête.

La nouvelle de la mort de Sachka coupa le souffle de Beauté. Ma mère s'évanouit, on eut du mal à la ranimer. Revenue à elle, elle se mit à sangloter. Ses larmes coulaient en torrent. On lui tendit de la gnôle en chuchotant : « Bois… Ça soulage. » Mais elle repoussa le verre en criant :

— C'est ma faute ! Ils ont tué l'aigle à cause de moi : si je ne l'avais pas aimé, il vivrait, il se réjouirait du soleil et de la fin de la guerre. J'ai méprisé la vermine, et la vermine l'a dévoré. Même les dinosaures ont eu une fin, et leur temps viendra aussi. Mais est-ce que c'est une consolation ? Combien de gens seront dévorés encore par ces cannibales !

Puis, comme si elle voyait l'avenir, elle tendit une main rapide vers le verre de gnôle qu'elle venait de repousser et le vida. C'est à ce moment que Kosykh entra dans la chambre des infirmières. Tout le monde sortit aussitôt de la salle des urgences. Je fus le seul à ne pas bouger.

— Katia, ce n'est pas moi, murmura-t-il de ses lèvres sèches. Crois-moi, ce n'est pas moi.

– Je te crois, répondit Beauté. Don Quichotte couve encore en toi. Mais prends garde, il s'éteindra bientôt si tu ne quittes pas cet uniforme. Et va-t'en maintenant, je n'ai pas de rancœur contre toi.

J'avais peur pour ma mère et ne la quittais pas d'une semelle. Nous sommes allés chez les Koltsov. Sachka était déjà couché dans son cercueil. Son visage était couvert d'un linge pour ne pas susciter l'effroi. Ma mère souleva le linge, se mordit les lèvres, du sang apparut au coin de sa bouche. Elle s'essuya, entonna en polonais *Le Repos éternel*, puis un chant poignant que je ne connaissais pas, en une langue inconnue. Elle l'avait probablement appris de sa grand-mère, une Juive kurde. Quand cessèrent les sanglots, nous passâmes dans l'autre pièce, voir la mère de Sachka. Beauté se blottit contre sa poitrine.

– Pardonne-moi, sanglota-t-elle. Pardonne mes péchés.

– Ne sanglote pas, répondit Koltsova avec tristesse mais sans larmes. (Les femmes russes pleuraient peu de temps, les larmes leur manquaient tant étaient nombreux les malheurs qui les frappaient. Les Russes avaient appris à pleurer sans larmes.) Laisse-moi cette tâche. Ils ont fait mourir mon mari à petit feu, voici qu'ils tuent mon fils. Ce n'est pas ta faute. Tu savais tout comme moi ce qu'il pensait. De toute façon, il aurait fini dans un camp.

– Mais, lui, il était invalide de guerre !

– Mon mari aussi. Et de plus, il était commandant de brigade. Et toi, ils t'ont déportée en Sibérie pour quelle raison ?

— À cause de Pilsudski.

— Ce n'est qu'un prétexte. Dans ce pays, tout dépend du caprice d'un malade. Des caprices de psychopathes. Je suis médecin, je sais ce que je dis. Je n'ai plus peur, moi. Je n'ai plus personne au monde, excepté toi. Je te suis reconnaissante de lui avoir donné du bonheur, de lui avoir montré comment on doit vivre, de l'avoir relevé. Sais-tu ce que c'est que d'avoir été pilote et de se retrouver invalide à vingt-sept ans ?

J'avais beaucoup aimé Sachka, mais je n'allai pas au cimetière. J'avais peur de me trouver mal lorsqu'on refermerait la tombe, comme c'était déjà arrivé. Je partis errer dans les prés, avec les gars. Comme d'habitude, ils jouaient à la palette. Nous nous assîmes. Kim s'approcha aussi, se tordit les doigts. C'était signe qu'il voulait parler.

— Quelle tristesse ! dis-je.

— Bouddha disait la même chose que le Christ, dit Kim. Et il commandait de vivre de la même manière.

La mort de Sachka me taraudait toujours et je demandai comment était mort Bouddha.

— Empoisonné. Il est mort à quatre-vingts ans peut-être.

— Le Christ, lui, on l'a crucifié. Pour nous. Il était jeune, sage et beau. Il aimait et il était aimé, il proclamait l'amour — et malgré ça, ou peut-être à cause de ça, on l'a tué. Tout comme Sachka. L'amour est donc… une faute ? (Mon propre chuchotement étonné parvint à mes oreilles.)

C'est alors que quelque chose se rompit en moi. Je me serrai contre la terre pour libérer en pleurs toute mon amertume. Et quand les larmes me manquèrent, quand mes yeux devinrent secs comme le sable du désert, mon cœur s'ouvrit. Et je me mis à pleurer de nouveau, mais à l'intérieur, en moi-même, avec des larmes que ne pouvait voir que Celui qui nous avait créés.

Le clown

Les ténèbres furent le cauchemar de mon enfance. Les ténèbres et aussi Staline. Je supportais mieux les ténèbres : elles avaient un début au crépuscule, et une fin à l'aube, et elles n'avaient pas toujours l'opacité des ténèbres bibliques. Tandis que Staline, ce voyeur génial, était partout. À tous les coins de rue, sur toutes les affiches, jusque dans nos rêves. Le guide, le timonier, le père. Souvent, j'essayais de le fixer en pleine lumière pour vaincre ma phobie. En vain. La terreur ne me lâchait pas l'âme.

Il n'était pas beau, je ne trouvais nulle chaleur ni dans ses yeux ni dans ses traits ; cependant il m'était moins repoussant que le visage de Hitler. J'avais néanmoins la sensation qu'il répandait la lèpre ; mon instinct me le suggérait. Là était probablement la source de ma peur. Staline était mortifère, il répandait la mort. Il détruisait la vie, et moi, j'avais une telle envie de vivre ! En dépit de ma misère, en dépit de la faim. À tout prix, voir le ciel bleu, les oiseaux insouciants, l'herbe éternelle. Je me précipitais toujours dans les maisons où un enfant venait de naître. Regarder un nouveau-né m'était une grande émotion, voire une révélation. On me laissait entrer partout, toucher le petit de l'homme, on disait que j'avais un bon toucher, un bon regard. J'accourais voir les nouveau-nés par crainte de Staline. Je quêtais auprès d'eux le courage et la consolation, car la vue de ces êtres vulnérables et fragiles m'apportait un tel sentiment de sécurité que parfois je cessais de croire à la mort.

Parce que j'avais peur du noir, souvent je dormais soit avec ma mère, soit avec petite tante Frosia. Pourtant, je me considérais presque comme un adulte, et la honte me taraudait un peu. Un tricot de marin tout neuf moulait ma poitrine, un cadeau de ma mère cette fois, et il était le garant d'une mort digne. Et aussi d'un avenir conforme à mes désirs : devenir marin ou aviateur. En outre, je lisais des livres de Tsiolkovski[1] et je me voyais dans le cosmos, quelque part entre Mars et Vénus. Tout cela était encore à venir, c'étaient des rêves, des promesses que je me faisais et aussi des bobards de la propagande. En attendant, ma vie était régie par les poux, la crasse, la faim, le stigmate infamant de Pilsudski et la peur. À dire vrai, pour ce qui est de la peur, personne n'en parlait jamais franchement, si bien que je pouvais me croire le seul hanté par la crainte, le seul pleurnichard. J'étais donc gêné pour le dire. Et cependant, il allait falloir un jour trancher ce nœud gordien, m'en ouvrir à ma mère, car la peur s'amplifiait sans fin et me tourmentait comme un furoncle.

---

1. Précurseur russe de la technique des fusées et des vols spatiaux au début du XXe siècle.

Dès le crépuscule, mon oreille devenait absolue. L'estomac se muait en un nœud qui montait jusqu'à ma gorge. Le ciel étoilé devenait alors mon seul recours. Je m'asseyais à la fenêtre, je disparaissais dans les lointains galactiques, j'étais là-haut – où j'avais peut-être vécu avant de naître. Cependant ce remède n'agissait pas toujours. Une fois il advint que ma mère tarda à rentrer et que Frosia n'était pas chez elle. Lorsque Beauté apparut enfin à la porte, ma joie atteignit de tels sommets que je faillis m'évanouir.

– Maman, guéris-moi de la peur, lui demandai-je dans un murmure, j'ai tellement peur du noir. Tu n'imagines pas comme j'ai peur. J'ai peur du noir et de Staline.

Ma mère me regarda au fond des yeux. Je sentis qu'elle aussi connaissait la crainte. Elle la vivait peut-être autrement, mais j'étais certain que les mêmes cauchemars rongeaient notre quotidien. Il y avait cependant une différence entre ma mère et moi : elle, tout le monde l'aimait, tandis que moi, elle était la seule à m'aimer. Je ne le cache pas, j'étais fier de ce que tous aiment ma mère et s'en préoccupent comme d'une relique sacrée. En même temps, j'en étais jaloux, j'aurais voulu qu'au moins une parcelle de son aura m'illumine moi aussi.

– Les ténèbres effraient presque tout le monde, finit-elle par dire, depuis la naissance et jusqu'à la mort. Toutefois, il faut faire la différence entre les bonnes ténèbres et les ténèbres du mal. Les bonnes ténèbres, c'est Dieu. Il est si différent de nous qu'Il ne peut être qu'obscurité pour nous, afin que nous ne mourions pas sur-le-champ à Sa vue foudroyante. Et puis, nos péchés L'assombrissent aussi un peu. Les ténèbres mauvaises, c'est l'esprit du mal, tout ce qui se passe en ce monde est de son fait. Mais les mauvaises ténèbres sont impuissantes par elles-mêmes. Il leur faut l'intermédiaire de l'homme. Elles n'agissent que lorsque l'homme leur abandonne son cœur. Mon garçon, jusqu'à ta mort crains les bonnes ténèbres. Et désire cette crainte. Les ténèbres mauvaises, ignore-les. Protège-t'en comme tu te défends de la faim, de la tourmente de neige, du loup. Ce sont, mon garçon, des ténèbres humaines, des ténèbres du cœur. Il ne faut jamais les oublier. Alors que les ténèbres qui rampent et montent au coucher du soleil, il ne faut pas les craindre. Il faut les aimer, tout comme on aime l'aube. Pourrais-tu voir les étoiles sans la nuit ? Habille-toi, nous allons admirer la beauté que l'obscurité de la nuit nous offre.

Nous sortîmes nous asseoir sur le tas de bûches, le dos appuyé contre le mur de la réserve à bois.

— Regarde les mélèzes, en ce moment ils sont ce qu'il y a de plus sombre, me murmura ma mère. Regarde bien, et tu les verras comme tu ne les as jamais vus. Les aviateurs et les marins voient dans le noir et, toi, tu veux devenir un pilote.

Je fixai le noir de toutes mes forces. Bientôt, je distinguai de plus en plus de détails, je vis avec plus de précision, plus profondément. La nuit se faisait belle, vivante. Je compris que l'ombre avait existé avant la lumière, que la lumière était apparue pour les hommes seulement, par égard pour eux. Et soudain, comme par l'effet d'une baguette magique, la peur du noir se dissipa, et la nuit devint plus sublime que le jour.

Après avoir compris les paroles de ma mère, j'aperçus un homme. Entré dans la cour, il jetait des regards furtifs de droite et de gauche. D'abord il lança un coup d'œil à travers la fenêtre éclairée de petite tante Frosia, puis s'approcha de la nôtre. Je le reconnus. C'était Kosykh, l'un des prétendants de ma mère. Ayant constaté qu'il n'y avait personne chez nous, il s'éloigna. Mais il revint l'instant d'après et s'assit sous le sombre buisson de noisetiers, près du portillon. Il devait avoir un plan. Et en effet.

Peu après arriva en boitillant un peu du pied gauche un autre adorateur de Beauté. Sa démarche ne laissait aucun doute. Il s'agissait du premier « cardinal » du nouveau régime, un héros, un ami du légendaire Lazo, celui que les Japonais avaient brûlé dans un foyer de locomotive. Son épouse, Nadiejda, à l'époque de la collectivisation, avait sans jugement fusillé des réfractaires ; elle avait été très désappointée lorsqu'on l'en avait sanctionnée, avant de lui confier la direction de notre orphelinat. Il répéta les gestes de Kosykh et comme l'autre il manifesta sa déception. Il s'attarda un peu, se gratta la tête, finit par faire un geste d'abandon et s'ébranla vers la sortie. Kosykh lui barra le passage devant le portillon. Il avait surgi si vite que l'autre en cria de saisissement.

— Qu'est-ce que tu viens chercher ici ? demanda Kosykh de sa voix calme et chantante.

— Ah, c'est toi, grogna le cardinal en reprenant ses esprits. Tu m'as fichu une de ces frousses ! Mon cœur a failli lâcher. Jamais je n'ai eu aussi peur.

— Parce que tu n'as jamais été seul. Tu as toujours couru en meute, comme les loups. Et là te voici soudain tout seul. Tu étais un héros, et voilà que tu as la trouille. Quelle honte !

— N'insulte pas mes médailles. Tu sais qui les distribue.

— Oui, je le sais, mais dis-moi, qu'est-ce que tu viens faire ici ? Qu'est-ce que tu cherches dans cette maison ?

— J'avais envie de causer avec…

— Le mari de Frosia est à Kolyma, et Beauté est sur ma liste à moi. Alors, cette maison, évite-la parce que ta Nadiejda pourrait t'abattre sur votre lit nuptial ou bien encore tu pourrais te retrouver au front…

— N'essaie pas de me faire peur !

— Je ne veux pas te faire peur, mais je sais des choses sur toi. Et comment tu as détalé devant le Baron Noir… Alors, tu files d'ici et qu'on ne t'y voie plus. Même pas le droit de rêver de Beauté ! Oublie qu'elle habite dans cette ville. Allons, tu te tires !

Ils quittèrent la cour ensemble. De l'autre côté du portillon, ils se séparèrent et, comme dans les contes, l'un prit à droite et l'autre à gauche. Tous les deux ils se dirigèrent là où ils n'avaient pas eu l'intention d'aller, vers les élues de leur vie conjugale, celles dont les mains étaient plus souillées que les paumes de Lady Macbeth.

Quand enfin les prétendants eurent quitté bre-
douilles notre cour, ma mère sourit. Je sentis ses
lèvres sur ma joue.

— Alors, mon garçon, as-tu compris les ténèbres ?

— Je n'ai plus peur.

— J'en suis contente. Pardonne-moi de t'avoir un
peu négligé.

— Moi aussi, je te néglige, répondis-je, genre auto-
critique.

— Tu as vaincu la peur du noir, alors ne crains pas
ceux qui traînent la nuit. Ce sont de méchantes gens,
mais, tant qu'ils me veulent, ils ne te feront pas de
mal. C'est l'enfer ici, mon garçon. Et en enfer, même
les diables se sentent mal, très mal. En dépit de tout,
c'est nous qui avons la meilleure part, même si notre
vie est plus difficile, parce que nous, un jour, nous
quitterons cet enfer.

Nous rentrâmes dans la maison. Un court instant
le monde autour de moi se fit tel qu'il aurait dû être :
noble, suscitant des nostalgies de ce qui n'existe pas
ou de ce que nous ne pouvons voir. Pourtant je me
sentais toujours invalide, mon problème n'avait été
résolu qu'à moitié, puisqu'il restait Staline, cette idole
omniprésente.

— Maman, et pour ce qui est de Staline ?

Beauté me fit un clin d'œil complice.

— Tire bien les rideaux des fenêtres et passe-moi
son portrait. Et aussi les craies de couleur.

Quand tout fut réuni sur la table, ma mère tendit
ses mains, comme une voyante au-dessus de sa boule
de cristal, et murmura :

– Abracadabra… Tu le vois ? Regarde-le bien, puis retourne-toi. Tu reviendras à la table quand je t'appellerai.

– Tu peux regarder, dit-elle un instant plus tard.

Je hurlai de rire. Puis je me jetai sur le lit, incapable d'étouffer mes quintes de fou rire. Et quand en fin de compte je réussis tant bien que mal à me calmer, je m'élançai vers ma mère pour embrasser ses mains qui m'avaient désenvoûté de ma peur.

Staline avait été grimé en clown. En clown de quelque cirque minable, car il ne ressemblait ni à Popov ni à Tarapounka[1].

– Tu vois ce qu'il est ? Un mauvais clown.

La même nuit pourtant, je fus hanté par un rêve effrayant. Staline n'avait pas pardonné la raillerie. Dans mon mirage nocturne je vis un boa constricteur avec le visage moustachu et les cheveux en désordre du clown de la veille. Il m'immobilisa de ses puissants anneaux et se mit à me déchirer la poitrine de ses crocs, avec un sinistre murmure : « Quand j'aurai mangé ton cœur, tu cesseras de railler le chef. Et si j'entre dedans, tu seras à moi. J'avilirai ton cœur et tu ne m'échapperas plus, jusqu'à ta mort. » J'essayai d'esquiver l'étreinte, je me tortillai comme une anguille. Mais Staline était le plus fort. Avec un ricanement de soudard il me regardait me débattre désespérément. Cependant, quand il chuchota : « Tiens, je le vois déjà, ton petit cœur », je rassemblai toutes mes forces et, me rappelant les conseils de notre Cap, qui disait

---

1. Noms de deux clowns célèbres du Cirque de Moscou.

qu'il fallait toujours hurler en contre-attaquant, je m'arrachai en criant à pleine gorge, et… je m'éveillai. C'était l'aube. Beauté s'apprêtait à partir.

— Dors encore un peu, me dit-elle. S'il le faut, Frosia te réveillera. Aujourd'hui elle ne travaille que l'après-midi.

J'acquiesçai de la tête, mais je ne me rendormis pas. Je ne mentionnai pas non plus à maman mes visions nocturnes. La peur de Staline était toujours là. Je décidai de m'en venger pour le bien de tous, pour que les autres non plus ne soient plus tourmentés par des cauchemars. Avant de partir pour l'école, j'avais arrêté mon plan.

Le lendemain, sous le couvert de la nuit, je me glissai dans l'école par une fenêtre déverrouillée d'avance. J'en sortis le buste en plâtre du guide du peuple. À la maison, je m'en donnai à cœur joie. Je déversai sur lui toute ma rancœur, mes offenses, mes humiliations, avant de retrimballer à sa place mon exploit de maquilleur. Je savais bien que mon acte était un crime aux yeux de l'inquisition, que c'était un attentat contre la majesté révolutionnaire, qu'il présageait la peine de mort. Mais c'est de Staline que j'avais peur, non de la mort. En commettant mon forfait, j'éprouvais donc une joie comme si je m'étais créé un nouvel univers.

La journée qui suivit fut marquée par la tragi-comédie. Avant même l'entrée de l'Étoile Polaire, comme nous surnommions notre prof de géographie, Svieta, la fille de Kosykh, petite pomme tombée sous les

pieds de sa komsomole[1] de maman, à la vue de Staline
grimé en clown tendit les bras et s'évanouit. Bien des
filles éclatèrent en sanglots, mais la majeure partie de
la classe eut du mal à retenir les rires. Quelqu'un avait
sans doute rapidement dénoncé l'insulte criminelle
portée au buste du chef, car le directeur fit irruption
dans la classe entouré de toute sa suite. Ils se figèrent,
le sang reflua de leurs visages. Ils ressemblaient à des
figures de cire. À la fin, l'Étoile Polaire ordonna de sa
voix perçante :

— Baissez la tête et sortez de la classe !

L'instruction de cette affaire fut longue. Chacun de
nous fut convoqué plusieurs fois tant chez le directeur
que chez Kosykh et au comité du Parti. Ils ne trou-
vèrent rien. Mais les communistes avaient trinqué, les
fanatiques avaient reçu une nasarde. L'Étoile Polaire
fut promue balayeuse de la gare ; quant au directeur
de l'école, il devint à lui seul l'équipe de la morgue de
l'hôpital.

Une semaine plus tard, alors que nous nous repo-
sions côte à côte après une partie de palette, le Cap se
souleva sur un coude et me murmura à l'oreille :

— Tu seras un poète.

— De quoi parles-tu ? demandai-je.

— De ce clown. Personne, sauf toi, n'aurait pu trouver une idée pareille. Je te félicite. Non, ne nie pas.

---

1. Dans le système éducatif soviétique, les enfants suivaient un
« cycle de formation » qui, lorsqu'ils atteignaient dix-huit ans, les
faisait passer de « pionniers rouges » à « komsomols » (le terme
est un sigle désignant l'Union des jeunesses communistes, antichambre du Parti).

J'ai du flair. Je l'avais bien regardé. Il était superbe. Et il avait un pif magnifique.

Je souris d'une oreille à l'autre, sans confirmer ni dénier sa supposition. Cependant, je ne réussis pas à me débarrasser de mes peurs de Staline ou des ténèbres. Et je ne cesserai probablement jamais de les craindre, jusqu'à la fin de mes jours.

Cygnes

L'amour finit par frapper aussi à la porte de mon cœur. Un amour étrange. Non parce que la femme dont je tombai amoureux avait vingt ans de plus que moi, ni parce que sa santé mentale laissait à désirer. Le mystère venait de ce que j'étais tombé amoureux durant une phase aiguë de la maladie de mon élue. Mes sentiments s'amplifiaient d'ailleurs lors de ses crises schizophréniques. Moi aussi j'étais pris d'une sorte de folie – d'une souffrance née de la nostalgie de quelque chose de différent et d'un désir de chaleur humaine.

La femme que j'aimais, Tamara Berejnev, s'était évanouie de désespoir à l'arrestation de son mari. Le choc avait été si fort que, lorsqu'elle était revenue à elle, elle avait déjà la folie dans le regard. Plus tard, lorsque son mari, un capitaine de chars, avait été libéré et envoyé au front, elle n'y avait pas cru. Même ses lettres munies de tampons de la censure militaire n'avaient pu la convaincre. Elle avait affirmé que c'était une œuvre du diable, que son mari avait mordu

depuis longtemps à pleine bouche la terre aurifère de
Kolyma. Elle répétait aussi sans cesse qu'elle aurait
elle-même suivi son mari, mais qu'elle n'en avait pas
le droit, car il lui fallait attendre pour le venger. Il
le fallait, car un rêve lui avait révélé que le délateur
qui avait calomnieusement dénoncé son mari allait
bientôt apparaître dans notre bourgade. Et elle, elle
devait alors l'étrangler de ses mains, comme les bourreaux des tsars étranglaient les boyards.

Lors des crises de son mal, Tamara enfilait à même
la peau une longue robe de dentelle confectionnée
dans un rideau, puis elle s'en allait chanter sous l'obélisque des révolutionnaires. Nous défilions derrière
elle en retenant notre souffle. Les gars savaient déjà
que Tamara était ma fiancée et me laissaient passer
devant. Je défilais à la tête de cette internationale
d'affamés et j'étais heureux. Tamara nous emmenait
dans un monde inconnu, étonnant, un monde comme
j'en rêvais – beau comme une île tropicale du Paci-
fique.

Une fois arrivés devant l'obélisque, nous formions
un demi-cercle. Mon amour grimpait sur le socle en
bois et se mettait à chanter. Je n'avais jamais entendu
ce chant auparavant, et ne l'entendis jamais ensuite.
Tamara était arménienne. C'était probablement quelque chant populaire de ce peuple martyr, car ses into-
nations faisaient naître à la fois un sentiment de colère
et de soumission. Et surtout, elles amplifiaient ma nostalgie. Nous ne comprenions rien aux paroles ; pourtant, sans en avoir eu l'intention, nous les apprîmes

par cœur. Personne toutefois n'osait chanter cet air, même pas moi. Tamara l'exécutait dans une tonalité différente à chaque fois. Et chaque fois ce chant suscitait chez moi une flambée de passion.

Les passants s'arrêtaient souvent derrière la rangée de nos têtes difformes, de nos boules à zéro. Leur imagination devait être excitée, en plus de la mélodie, par le visage de Tamara, par ce visage mat dont semblait émaner une clarté blafarde. Tous fixaient la chanteuse comme si elle était une apparition. Il est probable que, tout comme moi, ils en oubliaient la faim, la peur, les poux et tout ce reste que nous portions sur nos corps et dans nos cœurs.

À la fin du chant, la foule de badauds se dispersait et les gars de ma bande retournaient chacun à ses affaires. Moi seul je traînais derrière mon élue, moi seul je n'avais pas la force de l'abandonner, endurant sans cesse de nouveaux tourments de passion. Le désespoir m'étreignait lorsque Tamara me prenait la main, quand elle s'agenouillait pour arranger mes cheveux ou quelque détail de ma garde-robe, et déposait en passant un baiser sur mon front.

— Es-tu mon frère ou bien mon fils ? me demandait-elle toujours. (Ma réponse n'importait guère, de toute manière je finissais par être son rejeton.) Je n'ai pas eu le temps d'avoir des enfants, alors tu seras mon fils.

C'était ce qui me faisait particulièrement mal. Je voulais l'embrasser pour de vrai, presser ses mains contre mon visage, lui dire mes sentiments et mes rêves, et je ne le pouvais pas. Ou, plutôt, je n'en avais pas la force. J'étais malade de honte à cause de mon rôle ambigu. Nous n'avions pas le même regard l'un pour l'autre. Des pensées noires me hantaient.

Ce fut Egorov, l'homme qu'attendait Tamara pour venger son mari, qui me sortit de cette impasse. Ce jour-là, l'élue de mon cœur chanta un chant différent de l'habituel, un chant qui était pour moi mortifère, un chant qui me libéra aussi de ma honte. Je m'agenouillai devant elle comme devant une sainte. Cependant, au moment où mes genoux touchèrent le sol, Tamara s'interrompit soudain. Je m'en réjouis d'abord, croyant qu'elle avait cessé de ne voir en moi qu'un fils. Mais je fus déçu. Elle ne s'approcha pas, elle ne me voyait même pas. Elle bouscula les garçons, traversa la rue et se dressa comme un mur devant un inconnu, un homme en uniforme militaire sans signes distinctifs. C'était là encore un invalide de retour de la guerre. Sa manche vide, passée dans sa ceinture, l'attestait.

— Tu es enfin revenu, murmura-t-elle d'un ton menaçant. Mes rêves ne m'ont pas trompée.

— Tamara ! s'écria joyeusement l'inconnu.

— Egorov, je vais t'étrangler de mes propres mains, répondit-elle. Je vais t'étrangler…

Et, avec ce murmure, elle s'affaissa.

Nous fûmes pétrifiés. Egorov fut le seul à ne pas perdre son sang-froid. Il aspergea le visage de l'inconsciente avec l'eau de sa gourde, lui posa son pouce sur le cou.

— Le pouls est normal, annonça-t-il au bout d'un instant. C'est juste l'émotion.

En effet, peu après Tamara recouvra ses esprits. Elle ouvrit doucement les yeux, mais sans nous regarder. Elle regarda le ciel ; elle le fixa longuement, les sourcils froncés, comme pour se remémorer quelque chose. Puis elle se leva soudain et s'éloigna sans un mot. Je la suivis comme à l'habitude. Egorov aussi.

— C'est toi qui as envoyé une dénonciation mensongère contre son mari ? l'interrogeai-je tout de go.

— Oui, c'est moi, comment le nier ? me répondit-il sans détour. Et puis nous nous sommes rencontrés plus tard sur le front. Le sort nous a versés dans la même compagnie. J'ai cru alors qu'il allait me tirer dessus dès le premier combat. Mais les choses ont tourné autrement. Avant l'attaque il m'a pris à part et m'a raconté son histoire. Et surtout celle de Tamara. Il m'a prié de prendre soin d'elle s'il venait à être tué. Et ensuite, dans une des batailles, il a rencontré sa balle. Moi aussi, j'ai eu ma part. Par chance, on m'a juste coupé un bras. C'est ainsi que je me suis retrouvé ici…

— Et maintenant, tu vas te marier avec Tamara ?

— Seulement si elle me pardonne. C'est que je l'aime depuis notre enfance. Quand j'avais ton âge…

Je l'interrompis en sourdine :

— Moi aussi, je l'aime…

— … nous habitions dans la même rue et nous allions à la même école, continua Egorov comme s'il n'avait pas entendu mes paroles. Mais c'est Nicolas, un autre camarade de classe, qu'elle a choisi.

Nous entrâmes dans la maison de Tamara. Elle était assise à la table, la tête dans les bras et le regard fixé sur la fenêtre ou plutôt perdu dans la taïga derrière la fenêtre. Au bout d'un instant elle nous jeta un coup d'œil avant de cacher ses yeux de sa main.

— Petia, que dois-je faire maintenant? murmura-t-elle. Puis, sans réponse, elle me regarda encore.

Ses yeux atteignirent le visage d'Egorov. Elle le regarda longtemps, avec une fiévreuse obstination. Puis elle se mordit les lèvres et se remit à fixer la fenêtre.

Quand Egorov commença à allumer le poêle, je partis. Je me sentais abominablement mal, je me traînai donc du côté de la rivière, pour me baigner, pour me débarrasser de ce qui pourrait être lavé. J'y rencontrai Bielova. Et là, pour la première fois, je remarquai que le visage de Tania avait aussi quelque chose de singulier, quelque chose que les mots ne sauraient exprimer. Je m'assis à côté d'elle. Non, je me couchai plutôt à plat dos, la tête appuyée contre ses cuisses.

— Idiot, murmura-t-elle, et elle se mit à me tirailler les cheveux, de plus en plus doucement. Lorsqu'elle se calma, je la regardai au fond des yeux. Et je me figeai d'étonnement. Je me vis dans ses yeux. J'y vis ce que j'aurais tant voulu voir dans les yeux de Tamara.

— Tania, et toi, qu'est-ce que tu vois dans mes yeux?

— Des cygnes, répondit-elle aussitôt. Et elle ajouta :
Deux superbes cygnes blancs. (Puis elle murmura, en
recommençant à me tirer les cheveux :) Tiens, tiens,
c'est pour la folle, c'est pour ton amour pour elle, c'est
pour ma souffrance…

Le champagne rouge

Lors de ses accès de sincérité sentimentale, Beauté proclamait que mon vrai père, c'était le champagne rouge. Un champagne magnifique, effervescent, qui l'avait jetée dans une sorte d'extase mystique. Elle m'avait conçu dans un bien-être champagnesque, puis avait accouché dans les délais impartis.

Tout le monde, toute mon école connaissait l'histoire de ma naissance et personne ne l'aurait mise en doute. C'est pourquoi les copains, lorsqu'ils usaient de mon patronyme pour me parler, m'appelaient Petia Rougechampagnevitch. Les instituteurs leur emboîtèrent le pas, et, puisque quatre autres garçons de ma classe se prénommaient Petia, très vite le patronyme seul remplaça mon prénom. Le temps aidant, la première partie en fut gommée, et je devins simplement Champagnevitch.

Je ne me souvenais pas de mon vrai père, en vain je fouillais ma mémoire dans les moments difficiles. Ce père terrestre avait été remplacé par Dieu. Et puis, un beau jour, mon véritable père surgit dans notre maison, tombant comme la foudre dans un ciel sans nuages. J'en fus troublé : rien ne m'avait préparé à le recevoir, il manquait la glèbe où jeter subitement le grain paternel. Cependant ce trouble céda bientôt la place à une joie réelle, et je m'ouvris à mon géniteur comme les eaux s'ouvrent vers le ciel.

Les copains m'enviaient. En ces années-là, avoir son père à la maison, ne serait-ce que pour quelques jours, était un événement considérable et heureux. Les pères, les hommes en général, étaient guettés par deux vampires : Staline et Beria. Le premier les envoyait au front, le second les emmenait au goulag. Nous, nous étions abandonnés à nos mères, à ces esclaves sans précédent dans l'histoire, à ces mères grâce auxquelles le système stalinien pouvait perdurer. Toutefois, toutes ces esclaves n'étaient pas humaines, toutes n'avaient pas un cœur – trop nombreuses étaient celles qui croyaient encore en Koba[1].

C'est Frosia qui m'annonça l'arrivée de mon père. Cette femme merveilleuse et inébranlable, avec des étincelles dans ses yeux de Mongole, fit irruption dans ma classe sans frapper. S'étranglant de larmes, elle cria :

– Champagnevitch, vite à la maison, ton papa a été libéré du camp ! (Puis elle s'assit sur la chaise de l'instituteur et, la tête appuyée contre la chaire, elle murmura en sanglotant :) Le mien, ils ne le laisseront pas partir de leur Kolyma… Ils n'ont pas encore assez d'or. Maudit soit l'or, maudits soient les bourreaux !

---

1. Koba : un pseudonyme géorgien que le jeune Djougachvili avait adopté avant celui de Staline.

Je jaillis de la classe comme un éclair. L'orchidée du soleil écartait les pétales des nuages pour répandre généreusement les vivifiantes particules de sa lumière.

À la maison, la fête battait son plein. L'archiprêtre Avvakoum[1], autrement dit le grand-père octogénaire Gricha, ranima son accordéon qui datait des temps du tsar. Le cœur d'Avvakoum débordait de sons. *Katioucha* planait déjà au-dessus des convives comme le baldaquin nuptial au-dessus de la mariée juive. Mon père, que je ne parvenais toujours pas à retrouver dans ma mémoire, était assis auprès de Beauté. Il était maigre, buriné de rides, mais dans ses yeux il n'y avait pas de défaite. Le goulag n'avait pas encore brisé son dos, il se tenait droit, tel un jeune général. Ce qui n'était guère étonnant, puisqu'une goutte de sang du célèbre hetman Zolkiewski coulait dans ses veines.

Il y avait foule. Quelqu'un finit par m'apercevoir et par me tendre à mon père par-dessus la table. Je restai un instant suspendu dans les airs pendant qu'il me regardait comme les Russes contemplent les icônes – rempli à la fois d'une attention pieuse, d'espérance et aussi de désespoir. Puis il m'embrassa à deux reprises et m'assit à ses côtés.

Le banquet de bienvenue se prolongea tard dans la nuit. La maison craquait comme un veston emprunté

---

1. Personnage de l'histoire russe, chef des vieux-croyants, qui se séparèrent de l'Église orthodoxe sous le tsar Alexis. Il incarne le prototype du vieillard barbu à l'allure prophétique.

à un frère cadet. Même Frosia fut emportée. Elle vida
à deux reprises un demi-verre de gnôle et son visage
s'anima comme un sorbier à l'automne. L'alcool avait
aboli sa réserve et elle s'assit à côté de mon père. Puis
elle prit sa paume dans ses mains et la regarda longtemps avant de la couvrir de baisers. Mon père jeta
un regard interrogatif à ma mère.

— Accorde-lui un peu de consolation, murmura-
t-elle. Laisse-la s'apaiser. Elle aussi vit dans l'attente.
Son mari est à la Kolyma.

Je ne sais plus quand je me suis endormi ni qui
m'emporta dans la chambre de Frosia. Je dormis d'un
sommeil de mort, sans m'éveiller à l'heure habituelle.
Probablement à cause d'un trop-plein d'impressions
et de bonheur. C'est le soleil qui finit par me ramener
à la réalité. Mais je n'ouvris pas les yeux : un bonheur
simple m'emportait. Mon père avait été libéré pour
cause d'amnistie. Il partait rejoindre l'armée du général Anders[1], il faisait un détour pour nous emmener
avec lui en Europe. Pouvait-il arriver à notre famille
quelque chose de plus heureux ? Tous, autour de
nous, auraient donné tout l'or du monde pour être à

---

1. Les officiers et les soldats de l'armée polonaise faits prisonniers par les Soviétiques en septembre 1939 furent pour la plupart envoyés au goulag, beaucoup d'officiers furent fusillés. Mais
lorsque Hitler attaqua en 1941 l'Union soviétique, une amnistie
fut déclarée et ces militaires formèrent une armée polonaise sous
la direction du général Anders. Par ressentiment contre les Soviétiques, cette armée refusa de se battre aux côtés des Russes et
quitta l'URSS en passant par l'Iran et la Palestine, pour aboutir sur
le front italien, aux côtés des alliés occidentaux.

notre place. Le paradis commençait là-bas, à l'ouest de l'Oural. En vérité, j'avais de bonnes raisons de remercier Dieu !

J'arrivai à l'école juste pour la grande récréation. Les gars formèrent autour de moi un cordon compact. Dans leurs yeux se mêlaient la jalousie et une joyeuse excitation. Plus d'un aurait voulu être à ma place, ne serait-ce qu'un instant. C'est qu'aucun parmi eux n'avait de père à la maison et que chacun avait soif d'en avoir un, ne serait-ce qu'en rêve. Nous manquions chroniquement de la rude main paternelle et de son viril appui.

Ils attendaient avec impatience que j'ouvre le trésor de bonnes nouvelles. Ils attendaient de cette manière que nous avions d'attendre notre ration mensuelle de quatre cents grammes de sucre. Et moi, j'avais peur de parler, par crainte de tenter le Malin. N'appartenais-je pas aux « déprivés », à la catégorie des gens dépouillés de leurs droits civiques ? J'étais un paria, comme la plupart de mes copains.

— Je ne sais rien, dis-je. Ils ont bu toute la nuit et à présent ils dorment. Je vous raconterai tout demain, ajoutai-je.

À regret ils me laissèrent en paix. Chacun d'eux avait au moins une idée de ce qui se préparait et ils attendaient que je le leur confirme. D'ailleurs, après les cours, notre Cap déclara qu'il avait déjà tout appris par l'archiprêtre Avvakoum, alias le grand-père Gricha. Et qu'il avait même eu une idée :

— Demande à ton père de m'adopter. Il sera peut-être d'accord. Comme ça, nous partirons ensemble. Tu lui demanderas, dis ?

Je promis de faire ce que je pourrais. Mais je le promis sans conviction, comme si je pressentais déjà l'approche d'un désastre. C'est que, tout simplement, à un moment je m'étais demandé pourquoi moi seul j'aurais la chance de quitter cet enfer, je n'étais pas meilleur que les autres. Or il ne faut pas se poser ce genre de questions quand une grande espérance vous réchauffe le cœur ; on n'a pas le droit de décomposer le bonheur en facteurs premiers, cela mène droit à des ennuis.

Mon pressentiment était juste. En entrant dans notre cour, je perçus les paroles du chant des risque-tout polonais, l'hymne des Légions. C'était mon père qui chantait, le vieux légionnaire de la Première Brigade[1]. Dans la pièce, attablés devant de la gnôle, il y avait Avvakoum, le secrétaire du comité régional du Parti que tout le monde surnommait Taille-Rapière, Beauté et mon père. « Nous jetons aux flammes le destin de nos vies… » Le visage pourpre de mon père pulsait et ses yeux flambaient comme les mauves des palissades villageoises. Ses courts cheveux fauves se répandaient de tous les côtés, et sa pomme d'Adam dérangeait sans répit son long cou. Je vis tant de grotesque virtuosité dans la silhouette et dans les atti-

---

1. Lors de la Première Guerre mondiale, les nationalistes polonais, sous la direction de Józef Pilsudski, formèrent une Légion polonaise, amorce d'une armée nationale destinée à rendre la liberté à la Pologne, cause qui paraissait alors désespérée.

tudes de mon père, où transparaissait tout notre fier passé familial, qu'il m'évoqua don Quichotte en train de préparer quelque exploit.

— Es-tu prêt ? demanda le secrétaire du comité.

— Depuis le jour de ma naissance, répondit l'autre. Je suis venu pour ça. Et c'est pour ça qu'Avvakoum a apporté les sabres.

— Mon chéri, supplia ma mère à voix basse. Ne le fais pas. Réconciliez-vous. Tu sais bien, dans quelques jours à peine nous partirons loin d'ici chez les nôtres, chez les êtres humains...

— Je ne laisserai pas le premier goujat venu te peloter, rétorqua mon père sur un ton belliqueux. Je ne permettrai pas à un bolchevique d'être amoureux de toi. Il raconte que sans toi il ne peut pas vivre.

— Et je ne le renie pas, s'écria le secrétaire du comité tout aussi agressif. Je suis prêt à aller au goulag pour elle.

— Tu entends, tu entends toi-même ce qu'il dit. Et comment alors ne pas couper la tête à un pareil type ?

— Mais je n'en ai rien à faire, murmura ma mère.

— Ça n'a pas d'importance, cria mon père. Debout, salopard !

Nous sortîmes dans la cour. Avvakoum déballa deux sabres d'une pièce de drap rouge et les appuya contre le mur. Puis il s'assit sur un banc.

— Choisis ! dit mon père.

— Choisis donc le premier, ces sabres sont à moi. C'est toi l'intrus ici, pas moi !

Mon père prit le premier sabre qui se présenta, dégaina et l'acier siffla dans l'air comme une balle de fusil. Nous nous assîmes à côté d'Avvakoum. Lorsque le combat se déchaîna, une lueur gaillarde brilla dans les yeux de grand-père Gricha, dont les doigts comme d'eux-mêmes appuyèrent doucement sur les touches de l'accordéon. La belle et lancinante mélodie des *Cloches du soir* ruissela, s'accordant de manière étonnante avec ce qui se passait ici – et avec ce qui se passait ailleurs dans le monde.

Tous les deux avaient bu, tous les deux avaient perdu l'habitude des armes blanches, et le duel se prolongeait. Ils commettaient beaucoup de fautes, mais Avvakoum, en vrai cosaque du Baïkal et en connaisseur, leva les yeux vers nous et murmura :

– Dans le temps, ces deux-là ont dû être des aigles…

Ma mère n'y tint plus, ses larmes se mirent à couler. À ce moment précis mon père perdit l'équilibre et tomba à la renverse. L'adversaire n'attendit pas, sa lame visa la poitrine du gisant. Il le manqua, ou bien mon père réussit à l'éviter – je ne pus le voir car le dos de l'attaquant me le dissimulait. Mon père échappa à la mort, mais le bras droit du secrétaire du comité rencontra le sabre de son adversaire. Il cria de douleur et lâcha son arme. Du sang apparut sur sa manche, au-dessus du coude.

– Ils ont perdu, les Rouges, murmura Gricha avec satisfaction. Seigneur, je Te remercie pour cette joie.

Mon père se releva, s'approcha, tête basse, de ma mère, et la serra contre lui pour l'apaiser.

— Tue-moi donc ! s'exclama le secrétaire avec déses-poir. Il s'adressa à Beauté : Demande-lui de m'ache-ver. Comment pourrais-je vivre désormais ?

— Va-t'en, lui dit Avvakoum, et il ajouta à voix basse : Et soûle-toi à mort. Il ne te reste que deux pos-sibilités : la gnôle ou la corde.

— Tout est perdu, dit tristement ma mère. Ils ne pas-seront pas l'éponge là-dessus. Désormais, pour nous, le soleil ne se lèvera pas à l'ouest.

Elle avait raison. Le soir même les hommes appro-priés, les inquisiteurs de Beria, emmenèrent mon père. Nous nous fîmes nos adieux sans un mot. Il n'y eut même pas de larmes. Mon père sourit triste-ment, ses bras nous firent un geste d'excuse, puis il embrassa d'abord ma mère et moi ensuite. Un regret soudain me saisit à la gorge, je me sentis trahi. Ayant surmonté un moment de stupéfaction, je m'élançai vers l'homme qu'on emmenait.

— Je ne te laisserai pas ! Je ne veux pas ! hurlai-je.

Je fus rejeté brutalement dans un coin. Lorsque j'émergeai des brumes de la douleur, on emmenait mon père à la pointe des baïonnettes. On ne nous permit pas de le suivre. Je m'assis à côté de ma mère.

— Le champagne rouge ne périra pas, murmura-t-elle d'une voix à peine audible. Il est né coiffé. Nous n'aurons pas le temps de nous retourner qu'il sera de nouveau en train de mousser au banquet de la bien-venue. Qui sera encore plus beau que celui d'hier et d'aujourd'hui.

J'avais toujours cru ma mère. J'étais certain que mon père allait revenir. Mais de nouveau le désespoir m'atteignit, éteignit mes yeux. Ils avaient emmené mon père au goulag, dans cet enfer glacé où les hommes se muaient en numéros si difficiles à retenir et si faciles à rayer.

On aurait dit que ma mère lisait dans mes pensées. En me serrant contre elle, elle soupira :

– C'est trop dur de parler. L'homme n'est pas capable de tout expliquer en paroles. On ferait mieux d'aller dormir.

Cette nuit-là pour la première fois de ma vie je rêvai d'un vol de cigognes en partance.

Le Bienheureux

Pakhomius, le concierge de notre école, était un bienheureux, un simple d'esprit. Ses yeux étaient bleus comme le ciel au printemps et ses cheveux avaient la clarté de la lumière tamisée par les brumes. Notre première rencontre eut lieu sur le pré, à l'endroit où nous nous asseyions d'habitude avant de jouer à la palette. Hormis nous, il n'y venait personne, et en particulier aucun adulte. Aussi le regardâmes-nous avec étonnement, comme une apparition. Il nous sourit, nous invita de la main à prendre place à ses côtés. Son visage respirait une paix de l'esprit que rien ne troublait. De la tête, il nous indiqua le soleil.

— Prenez-en de la graine, dit-il. Il brille toujours pour tout le monde de la même façon.

Il était vêtu en militaire, mais n'avait pas l'air d'un soldat, son vêtement ne tombait pas de façon martiale, plutôt avec nonchalance et fantaisie. Il ne rentrait pas de la guerre, c'est donc qu'il revenait du goulag.

— Veux-tu manger ? lui demandai-je, bien que nous n'eussions rien à lui offrir. C'était la première question qu'on posait en ces temps-là, pour lier conversation.

— Non, répondit-il, mais vous, vous devez avoir faim. Il sortit alors de son sac une miche de pain et un sachet de sel. Il coupa des tranches et sala chacune avant de nous inviter :

— Mangez, les gars, profitez-en. Et pour ce qui est de moi, je vais faire le concierge dans votre école.

— Et la Sentinelle ? (C'est ainsi que nous surnommions notre concierge.)

— Il va mourir demain.

— Comment peux-tu le savoir ?

— Le bon Dieu m'a envoyé une lettre, dit-il en sortant de la poche de sa vareuse une feuille repliée en triangle[1] au verso de laquelle on ne voyait rien d'écrit.

Nous échangeâmes des regards entendus. Celui qui était assis près de nous était une curiosité, un fantôme, un être à la fois d'un autre monde et du nôtre. Ce n'était pas un fou furieux, il rayonnait de bonté. Nous avions donc affaire à un fou de Dieu, à un simple d'esprit, à un bienheureux. Jamais encore nous n'avions rencontré de gens de cette sorte. Il était arrivé à différentes occasions aux adultes de dire qu'il fallait honorer les bienheureux, mais comment, nous l'ignorions. Nous étions dans l'embarras.

— Bien, les garçons, il m'est temps d'y aller. (Il se leva, mit son sac à l'épaule et nous gratifia encore de son étrange sourire avant de partir vers le bourg.)

---

1. Durant la pénurie de la guerre, faute d'enveloppes, on développa en Russie une technique de pliage des lettres en triangle, la face écrite à l'intérieur, la face externe servant à inscrire l'adresse. Une astuce du pliage maintenait sans colle l'ensemble fermé – mais facile à ouvrir, y compris par la censure.

Sa prophétie se réalisa : la Sentinelle se suicida le lendemain. Son ardeur révolutionnaire des années passées avait fini par porter ses fruits. Notre conscience note tout, chaque action, et personne n'y peut échapper. La Sentinelle avait toujours répété : « Ce que tu as fait aux autres, il faut te le faire à toi-même – si tu n'as pas de pouvoir. Car le pouvoir permet de tuer sans fin et puis d'oublier ses péchés. »

La première prédiction s'était accomplie et nous attendions la suite. Le Bienheureux ne nous déçut pas. Dès le troisième jour il était dans notre école et nous accueillait de son sourire radieux. J'en fus mal à l'aise, une sorte de crainte germa en moi. J'enfonçai ma casquette sur mon crâne et m'approchai de lui.

— Montre-moi cette lettre du bon Dieu, demandai-je. Je n'arrive pas à y croire.

Il me tendit une feuille pliée en triangle. Je la dépliai : elle était vierge des deux côtés.

— Il n'y a rien d'écrit.

— Le bon Dieu a une encre spéciale, répondit-il, différente pour chaque destinataire. Je suis le seul à pouvoir lire cette lettre. Et s'Il t'écrit à toi, de la même façon tu seras le seul à pouvoir Le lire.

D'abord Pakhomius m'inspira une peur panique. Mais ensuite, et d'un seul coup, je me pris à l'aimer de tout mon cœur. Les autres garçons continuèrent à avoir du respect pour lui. Quant à Konkine, le directeur de notre école, ancien commissaire manchot de la division de Tchapaïev, il avait carrément peur du fou divin. Il se mit en quatre pour éliminer Pakhomius, mais tous ses efforts furent vains. Le Bienheureux était un mur impossible à abattre.

Konkine, tout comme Kosykh, faisait la cour à ma mère, et regardait mes frasques avec indulgence. Mais lorsque je devins l'ami de Pakhomius, sa mesquinerie se mit à suinter. Un beau jour il me déclara carrément que je ne devais pas fréquenter le concierge parce que sa tête était troublée et qu'il ne pouvait avoir sur moi qu'une influence néfaste.

— Il ne salue pas les gens avec son pied, et donc il est normal, répondis-je avec arrogance. Mon père est au goulag, alors c'est lui qui m'enseigne ce qui est bien.

— C'est moi ici qui t'enseigne ce qui est bien, rétorqua Konkine en vrai commissaire. Qu'est-ce qu'il pourrait bien t'apprendre, lui ?

— L'amour des autres, répliquai-je. Il sait pourquoi on doit aimer tous les hommes, pourquoi chaque être humain est mon frère.

Je répétai à Pakhomius ma conversation avec Konkine. Un sourire d'indulgence fleurit sur ses lèvres.

— Nous n'allons pas nous laisser faire, dit-il avec douceur. Il m'a parlé à moi aussi, il m'a conseillé gentiment de chercher un autre travail. Il était même prêt à m'en trouver un, pourvu que je parte…

— Et qu'est-ce que tu as répondu ?

— J'ai dit que j'avais ici des enfants, du travail et un endroit pour dormir et, donc, le communisme. Et que le communisme n'était pas une chose qu'on pouvait abandonner.

— Et lui alors ?

— Qu'est-ce qu'il pouvait répliquer là-dessus ? Il a craché par terre et puis il est parti.

J'invitai Pakhomius à prendre le thé chez nous. J'étais curieux de la réaction de ma mère, qui n'était pas prévenue de cette visite et ignorait même notre amitié. Beauté accepta le Bienheureux sur-le-champ. Elle s'épanouit en sa présence, et bientôt s'en amouracha même. Beauté et le Bienheureux. Cela sonnait merveilleusement. Que pouvais-je y faire ? j'avais une mère prompte à aimer. Mais elle ne pouvait aimer que des hommes bons. Or un homme bon, ici-bas, c'est plutôt un être raté, une sorte de merle blanc.

Pakhomius vint chez nous de plus en plus souvent. La maison devint plus gaie, se mua en un foyer, nous y rentrions plus volontiers. Ma mère cuisinait des merveilles inédites, le Bienheureux m'apprenait à sculpter et me contait sa pittoresque vie d'errant. Je ne cherchai pas à savoir ce qu'était devenue Beauté pour le Bienheureux ; était-ce un sentiment platonique ou autre chose ? Il faut croire que la misère sibérienne et la froidure les avaient rapprochés. Quoi qu'il en soit, je tenais beaucoup à ce que Pakhomius reste avec nous pour remplacer mon père, ne serait-ce qu'un peu. Mon père véritable était un soldat de métier, il guerroyait donc sans répit, n'importe où et contre n'importe qui, apparaissant et partant en coup de vent. Bientôt le Bienheureux prit complètement possession de mon cœur. J'étais collé à lui comme l'aube à l'aurore. Seul Konkine, en voyant cela, nous cherchait des noises et se soulageait sur mon dos. Par mesure de rétorsion,

je cessai de l'appeler par son patronyme et lui donnai
du « camarade commissaire ». Ce qui eut un résultat
contraire à mon attente – au lieu d'une colère, un sourire de douceur. Nous conclûmes la paix, du moins en
apparence.

Je proposai un beau jour à ma mère d'inviter
Pakhomius à venir habiter avec nous. J'étais assis à la
fenêtre. La pénombre s'accumulait déjà dans la pièce
et, dehors, le crépuscule rampait, depuis le mur de
la taïga toute proche. Mon père vivait quelque part
là-dedans. Il devait justement être en train de rentrer
du chantier d'abattage, après douze heures de labeur,
et ne pensait probablement à rien qu'à du pain et à
son châlit, et peut-être aussi à la mort. Mon père était
là-bas, au camp, et ici à la fenêtre il y avait moi, qui
avais une telle soif de père. Moi qui m'étais trouvé un
père spirituel. J'attendais la réponse de ma mère avec
crainte. Beauté, en entendant mes paroles, se raidit.
Puis elle vint s'asseoir à la table et mit son visage dans
ses paumes.

– C'est plus que ne permet ma conscience, mon
garçon. (Son murmure douloureux parvint à mes
oreilles.) Si ton père revient, il tuera Pakhomius. Et
moi peut-être aussi. Or il reviendra. Il est né coiffé.
Les Ruskoffs ne l'auront pas.

Je m'étais préparé à une réponse de ce genre ; pourtant j'en fus tout triste. Ma mère souffrait aussi, plus
que moi peut-être. Beauté aimait Pakhomius – même
un âne l'aurait compris. Ses gestes l'attestaient, et
l'expression de son visage et ses yeux quand elle le

regardait. Elle offrait son amour à un être humain, à un être exceptionnel et inflexible dans son errance à travers les bagnes et les aberrations du pouvoir soviétique. Cependant, le chemin de sa vie ne rejoignait pas le nôtre. Il était ouvert à Dieu d'une autre manière, tout à fait différente, ses actes et ses paroles ne cessaient de nous étonner. Ce n'était pas tant mon père que craignait ma mère, que Dieu. Puisque du sang juif coulait dans ses veines, le fait de s'attacher à un fou inspiré lui apparaissait comme un péché contre l'Esprit saint.

Je me détournai de la fenêtre et j'aperçus des larmes dans les yeux de Beauté. Un nouveau trouble me saisit alors. J'étais peiné pour moi-même, pour ma mère, pour mon père et pour Pakhomius. Une telle tristesse me saisit que je ne pouvais plus articuler un mot. Je m'approchai de ma mère pour embrasser ses yeux en pleurs.

— Si je t'ai blessée, pardonne-moi, murmurai-je.

— Tu ne m'as pas blessée. Ne dis rien. J'imagine ce que tu ressens maintenant. Mais ne faisons rien trop vite, mon trésor.

J'accompagnai ma mère jusqu'à l'hôpital pour sa garde de nuit puis je me traînai à la recherche de Pakhomius. C'est que Frosia n'était pas à la maison et il me semblait insupportable de passer tout seul la nuit à venir. Trop de sentiments contradictoires s'agitaient dans mon cœur.

Pakhomius consentit à passer la nuit avec moi. Nous nous couchâmes tous les deux dans le lit de maman —

le mien aurait été trop étroit. Avant de s'endormir, il
me raconta le conte du méchant sorcier Kostey[1], mais
il le raconta de telle manière que je devais comprendre
que Staline était caché sous le personnage de Kostey,
et qu'un sort identique l'attendait. Je n'avais pas trop
faim, les poux ne m'embêtaient que modérément et,
surtout, il y avait à mon côté quelqu'un de proche,
qui me réchauffait de ses paroles et de son corps – je
m'endormis en souriant.

Je fus réveillé par une double explosion. Mais
Pakhomius m'assura que j'avais rêvé et je me rendormis.

Cependant au matin il se révéla que le fracas avait
été réel. Quelqu'un avait tiré deux coups de fusil par
la fenêtre en direction du lit où je dormais d'habitude.
Nous déplaçâmes le meuble et extirpâmes deux balles
en plomb, de celles qui pourraient crever un dinosaure.
Les vitres avaient déjà été remplacées : Pakhomius,
qui ne voulait pas alarmer Beauté, avait réussi à faire
la réparation avant l'aube. Et nous n'avons pas eu
grand mal à dissimuler les trous dans la couverture et
dans la peau d'ours.

– Qui donc te guettait ? demandai-je. Ils sont nombreux, mais lequel était-ce ?

– Ce n'était pas un coup contre moi, mais contre
toi, répondit le Bienheureux. Parce que tu m'as introduit dans votre maison. Moi, plutôt que l'un d'entre

---

1. Kostey : personnage traditionnel des contes folkloriques
russes, sorte de sorcier qui a la double caractéristique d'être
méchant et immortel et à qui son immortalité pèse de façon insupportable.

eux, alors qu'ils le désirent tous ardemment. C'est à moi et pas à eux que tu as fait cadeau de Beauté.

Pakhomius soudain s'assit, se raidit, pâlit d'une pâleur de mort. Seuls ses yeux, d'un éclat inhabituel, prouvaient qu'il était vivant. Cela dura un long moment. Puis il frissonna, essuya la sueur de son front.

— Voilà, je sais, c'est Kosykh ! Il... il va venir ici.

Et en effet Kosykh entra l'instant d'après, avec Beauté qui sanglotait. En me voyant avec le Bienheureux, il se mua en statue de sel. Ma mère émit un cri, un gémissement. Pakhomius regarda avec une indicible tristesse le meurtrier raté. Ma mère comprit au vol le sens de ce regard et ses yeux soudain devinrent sauvages. Une moue de dégoût tordit son visage.

— Quelle canaille ! Hors d'ici, serpent maudit ! siffla-t-elle au visage de Kosykh, à travers ses dents serrées.

Lorsque la joie rayonna à nouveau dans ses yeux, je me libérai de l'étreinte maternelle et je partis à l'école avec Pakhomius. Pendant le déjeuner, Avvakoum apporta la nouvelle : Kosykh s'était suicidé.

— Il s'est tiré une balle droit dans la tempe. La tête en lambeaux. Je lui avais toujours dit qu'il allait se tuer, parce qu'il ne buvait pas assez. Il s'imaginait pouvoir encore devenir acteur. Hamlet de la taïga, putain de sa mère ! Et notre secrétaire de comité va se pendre lui aussi, et dans pas longtemps. (L'archiprêtre acheva sa tirade et partit plus loin propager les terribles nouvelles tout en faisant résonner son accordéon.)

Je m'échappai de l'école et courus à la maison pour annoncer la grande nouvelle. Beauté était assise sur ma couche avec Pakhomius. Ils se tenaient par la main. Les yeux de ma mère étaient secs et clairs et son visage encore plus beau que d'habitude. Et plus doux aussi.

— Pakhomius nous quitte, dit ma mère comme si elle n'avait pas entendu ce que j'avais dit concernant Kosykh.

Je me rebiffai :

— Je ne le crois pas ! C'est… vrai ?

— J'ai reçu une nouvelle lettre de Dieu, répliqua le Bienheureux, et il sortit de sa poche de poitrine une feuille de papier vide, pliée en triangle selon les règles du service postal des armées.

Je fus comme pétrifié.

Nous n'accompagnâmes pas Pakhomius jusqu'aux premiers buissons de la taïga comme le voulait la coutume de notre bourgade quand quelqu'un partait vers le nord. Il nous l'avait demandé. Mais, selon les rites locaux, nous restâmes un moment assis ensemble en silence avant de nous dire adieu. Son sac militaire sur l'épaule, Pakhomius se retourna encore à la porte, serra ma mère contre lui puis posa sa paume ouverte sur ma tête. Et puis il sortit en courant comme le vent.

Le berceau

Comme toujours le malheur, le gel arriva sans prévenir. Une seule nuit lui suffit pour ouvrir son portail d'argent et semer soigneusement partout ses graines mortifères. Une oreille sensible pouvait percevoir un chuchotis comme celui du blé qui glisse dans la goulotte d'un moulin. Cela signifiait que la température était tombée en dessous de moins quarante degrés. La neige se fit bleue et la limite entre terre et ciel s'estompa. Le soleil, dépouillé de sa splendeur et privé de son éclat, végétait désormais dans une misère prolétarienne. Le froid vif buvait toute sa chaude et vivifiante liqueur – désormais seuls le feu de bois, l'amour et trois cents grammes quotidiens d'un pain mêlé de cellulose et d'arêtes de poisson devaient nous défendre contre la mort. Or n'est-ce pas justement quand la mort est sur le seuil, quand elle fait déjà son nid en nous, à l'intérieur, que le désir de vivre s'exalte et que l'on devient capable d'abattre des montagnes, et de ressusciter d'entre les morts ?

En ce jour d'argent justement eut lieu l'épiphanie de ma grand-mère. Elle surgit parmi nous vêtue en Soviétique d'une veste ouatinée et de bottes de feutre ; sa tête même n'était plus couverte d'un châle mais d'une chapka à oreillettes. Pour que le bonheur fût parfait, il ne lui manquait que l'étoile rouge sur la chapka et un fusil à l'épaule. Dourov, le nouvel inquisiteur de notre bourgade, le remplaçant de Kosykh, l'amena chez nous. Elle aurait pu venir toute seule, mais Dourov, tout comme Kosykh, s'était évidemment amouraché de ma mère. Le convoyage de la grand-mère lui était l'occasion d'une goulée d'humanité, d'une conversation avec Beauté.

Ma grand-mère Anastasia ne pouvait viscéralement pas supporter les bolcheviques. Elle ne s'en cachait pas, les appelait des péteux et les tenait toujours à distance. Jamais un bolchevique n'aurait pu marcher près d'elle épaule contre épaule. Et donc Dourov marchait trois pas devant elle, comme s'il était son ordonnance.

Les grand-mères ne causent d'habitude guère de tracas. Mais dans notre famille il en allait autrement ; les deux miennes étaient issues de terres exotiques et ne se laissaient pas marcher sur les pieds. Cela m'en imposait. De la première je savais peu de choses. Quant à la seconde, la grand-mère Anastasia, elle avait disparu un beau jour, après nous avoir laissé un mot sur la table : elle partait à la recherche de la tombe de son mari pour la mettre en ordre.

Mon grand-père Théodore avait été abattu au cours de notre voyage. Notre train de déportés s'était pour une fois arrêté non pas dans une gare, mais en plein champ, à côté d'une cahute de garde-barrière.

Les portes verrouillées furent ouvertes et nous eûmes la permission d'aller chercher de l'eau bouillante[1]. C'était le matin. Les collines proches, couvertes d'une forêt de mélèzes, brillaient pareilles aux boucles d'une barbe de patriarche. Juste au-dessus des arbres flamboyait le soleil, comme un boutefeu tartare[2]. Je contemplai les lointains enneigés avec un étonnement sans bornes. Qu'était-ce donc ? Dans mon dos, l'enfer du wagon de déportation, avec son trou de cloaque et ses châlits en bois brut, et devant moi la merveille hivernale de la création divine. Je sautai à terre et, oubliant tout, je partis droit devant, léger, heureux, libre. Je n'entendais plus rien : ni les cris des convoyeurs m'enjoignant de revenir ni les coups de feu. La chute dans la neige durcie me fit revenir à la réalité : on m'avait plaqué au sol. Je boulai et me retrouvai sur le dos ; mon regard se fixa sur une étoile rouge. La baïonnette d'un fusil visait ma poitrine. Je n'apercevais ni silhouette ni visage, rien que l'étoile rouge et la baïonnette. Cette vue fut effrayante au point de me faire perdre connaissance. C'est dans le wagon que je revins à moi. La nouvelle de la perte de mon grand-père m'acheva : j'étais la cause de sa mort car, après la sommation du garde pour me faire reve-

---

1. Tradition russe, où les trains ont d'interminables parcours : aux stations, un robinet d'eau bouillante permet aux voyageurs de se préparer du thé – à condition d'avoir un gobelet… et du thé.
2. Les Tataro-Mongols qui, au XIIIe siècle, envahirent et dominèrent durablement l'Est européen, lançaient des torches enflammées par-dessus les murs des cités assiégées pour incendier les maisons en bois. Le souvenir en persiste dans le folklore russe.

nir, le grand-père Théodore avait sauté pour m'arrêter – ce qui avait été considéré comme une tentative
de fuite.

– On n'a pas besoin de toi ici, dit ma grand-mère
à Dourov, entré avant elle. Fiche le camp, péteux,
ajouta-t-elle en polonais.

Dourov rougit puis pâlit. Les muscles de ses
mâchoires se mirent à bouger comme des taupes
fouisseuses. Sans un mot il poussa vers ma mère le
document à signer : une décharge pour la grand-mère
Anastasia. Ce reçu n'était qu'un prétexte. Dourov
regarda ma mère avec espoir et, n'ayant pas rencontré
son regard, sourit tristement puis quitta la maison.

– Comment c'était à l'école, aujourd'hui ? me
demanda ma grand-mère, comme si elle était partie la
veille. Puis elle m'embrassa sur le front.

Son baiser fut long et tremblant. La bouche de ma
grand-mère Anastasia pleurait souvent. Enfin, quand
elle fut un peu rassasiée de chaleur familiale, il nous
fut révélé qu'elle avait bel et bien retrouvé la tombe
du grand-père Théodore. Engazonnée et sanctifiée
par une croix en chêne, elle allait perdurer sous la pro-
tection d'une certaine Tatiana Semionovna et de sa
fille, habitantes d'une bourgade voisine.

Bien des événements s'étaient produits durant les
six mois d'absence de ma grand-mère et maman avait
beaucoup à raconter. Surtout l'histoire de la libération
du goulag de mon père et de sa nouvelle incarcéra-
tion. À écouter les détails de son récit imagé, on avait
l'impression que mon père était resté avec nous non
pas un jour, mais au moins un mois. Et que ç'avait été

une idylle romantique et non une tragi-comédie à la sarmate.

Le lendemain, pendant que ma grand-mère était allée en visite chez Frosia, ma mère m'avoua qu'elle était enceinte et que le fruit qu'elle portait était celui de ses amours avec le Bienheureux.

— Je te le dis non pas pour te demander de le garder secret, mais parce que tu as aimé Pakhomius tout comme moi. Cependant, il vaudrait mieux pour nous que ta grand-mère ne le sache pas.

Je ne savais s'il fallait me réjouir ou m'attrister. Les deux sentiments s'affrontèrent d'abord. Je me jetai au cou de ma mère pour essuyer à ses cheveux les larmes qui malgré moi se pressaient sous mes paupières. C'était vrai, j'avais aimé le Bienheureux comme personne auparavant, et à son départ j'avais ressenti un vide à hurler à la lune. La tristesse m'avait ôté la joie de vivre et dérobé le sourire. D'une certaine manière j'avais eu deux pères, et voici que je n'en avais plus aucun.

Ma mère continua à me regarder, interrogative.

— Je suis content, finis-je par dire.

— Moi aussi, malgré le péché, je suis contente, répondit-elle.

La joie était revenue dans mon cœur. Mes copains durent le remarquer. Je redevins espiègle, inventif, bagarreur. Il n'y avait plus ni hier ni demain, il n'y avait que le jour présent, l'aujourd'hui soviétique, triste et pouilleux, où il fallait survivre avec le sourire, pour rester ce qu'on était – un être humain. Le fils du Bienheureux grandissait et prenait des forces dans le sein de Beauté, mon père pouvait à tout moment revenir des camps, et la lointaine Pologne continuait à hanter mes rêves.

Beauté se rendait compte de nos petites attentions. Ma grand-mère Anastasia se mettait en quatre, ce qui m'était, autant qu'à ma mère, source d'étonnement. C'est qu'Anastasia n'avait pas eu droit à la bru de ses rêves. Les veines de Beauté ne charriaient pas le sang bleu de ses adorés Czetwiertynski ou des Sapieha, mais le méprisable sang des Juifs, et qu'importe s'ils étaient le peuple élu par Dieu. Ma grand-mère aurait voulu s'allier avec des Baworowski ou même des Kobylanski ou des Cielecki; cependant ces comtes l'avaient traitée comme ils auraient fait d'une Tsigane pomponnée. Il était visible que ma grand-mère était en train de subir une métamorphose, de chrysalide elle se transformait en papillon, elle commença même à oublier son accent français.

« Il ne faut rien faire qui pourrait contrarier Beauté », me rappelait-elle sans cesse.

C'est pourquoi sans doute, et pour éviter les conflits, elle accepta le travail qui lui fut imposé : femme de ménage à l'orphelinat. Elle avait dû finir par comprendre que notre famille avait été versée dans la catégorie des « sans-droits », que nous représentions un reliquat futile et inutile d'un passé révolu et que notre vie qui ne tenait qu'à un fil dépendait du bon vouloir de l'inquisiteur soviétique. Ou peut-être le voyage à la recherche de la tombe de son mari avait changé le cœur de ma grand-mère – je renonçai à comprendre. En tout cas, elle attendait son petit-fils comme les jeunes filles attendent la fin de la guerre ou les Juifs croyants la venue du Messie. Nous guettions avec la même impatience, elle un petit-fils, moi un frère. Le prénom de Paul-Marc attendait déjà le bébé. Pas un instant l'idée ne nous vint que le nouveau-né pourrait être une fille. Le Bienheureux ne pouvait laisser de fille. Cela m'était aussi évident que le lever du soleil.

Je me mis en quête d'un berceau comme en sculptent merveilleusement les artistes autodidactes de Sibérie. Et je finis par en trouver un, grâce à l'archiprêtre Avvakoum. Ses propriétaires, vieux et solitaires, ne demandaient rien en échange. Au contraire, ils se réjouissaient de savoir que leur cadeau allait bercer une nouvelle vie. En grand secret je transportai le berceau jusqu'à notre réserve à bois puis le restaurai de mon mieux. Il avait belle allure. J'étais si content qu'il ne me manquait qu'un morceau de pain blanc pour être tout à fait heureux. Hélas, j'avais oublié que tout bonheur se mue en amertume. Cela nous tomba dessus comme le tonnerre dans un ciel sans nuages. Un jour ma mère ne rentra pas de son service à l'heure habituelle. Nous pensâmes d'abord que l'hôpital, pour quelque raison, l'avait retenue pour une garde de nuit, comme c'était déjà arrivé parfois. Mais le lendemain matin nous sûmes que ma mère avait fait une fausse couche. C'est Frosia qui nous apporta la fatale nouvelle. Je sentis une tique à mille pattes se mettre à me sucer le cœur.

— Pourquoi, mon Dieu, ne m'as-Tu pas prise plutôt ? murmura ma grand-mère après un long silence.

J'implore la mort depuis si longtemps. Tu m'as pris
mon petit-fils avant qu'il naisse, et moi, Tu me laisses
là. Est-ce que c'est convenable, mon Dieu ? La mort
et les soviets. Les soviets et la mort. Comment résister, Seigneur Dieu ? Et la Sibérie, et cette neige, et
ce froid…

— Il faut qu'on résiste, mamie, dis-je. Tu dis toi-
même que nous sommes des êtres humains. Nous allons
tenir. Et maintenant, pleurons un peu ensemble.

Quand enfin un sanglot secoua ma grand-mère, je
me glissai doucement dehors, vers la remise à bois.
Le berceau, sorti de sa cachette, m'attirait comme
un aimant. Sans plus réfléchir, je m'y couchai sur le
dos, les jambes repliées. Et le miracle se fit. Je devins
pour un instant le fils nouveau-né de Pakhomius, c'est
avec ses yeux que je me voyais moi, debout tout à côté
de lui. Quelque chose que je ne saurais comprendre
m'extirpa soudain de la douleur, me réunifia. Dans
un grand effort j'arrachai la tique de mon cœur et je
sautai hors du berceau.

— Moscou ne croit pas aux larmes, me murmurai-
je, et puis les morts ne reviennent jamais.

Je jaillis de la remise et courus vers l'hôpital.

La mission

Après sa fausse couche ma mère mit au moins deux semaines à se rétablir. Elle était triste comme le malheur même et n'arrivait pas à trouver un vrai sommeil. Des cauchemars la hantaient, elle s'en arrachait dans un cri, moite de sueur. Dieu seul sait ce qui se passait en elle. Et moi, je désespérais de la soulager ne serait-ce que d'une parcelle de son désespoir. J'étais impuissant, tout comme la science médicale. Cependant peu à peu, avec le temps, son état s'améliora.

Un jour, en revenant de son tour de garde, elle s'assit à la table à côté de moi sans même se déshabiller. Elle appuya sa tête contre la cloison de bois et s'immobilisa. J'étais en train de faire mes devoirs et je mis un moment à m'apercevoir que Beauté s'était assoupie. Je posai ma plume et m'efforçai de rester silencieux. Cependant le sommeil de ma mère ne dura guère. Lorsqu'elle s'éveilla, ses yeux brillaient de leur ancien éclat, ses traits s'étaient adoucis.

Elle me serra contre elle et murmura :

— Mon garçon, j'ai rêvé du Bienheureux. Dans mon rêve, Pakh nous était revenu. Il émanait de lui une sorte de clarté céleste. Il nous a dit bonjour et puis, sans que je sache comment, il m'a enlevé mon désespoir. Il a dit qu'il était très fatigué, qu'il se trouvait dans un camp d'où il lui fallait sortir, car il se languissait de moi. Qu'il devait reprendre des forces parce qu'il voulait me revoir encore une fois. Et lorsque j'ai acquiescé de la tête, il est entré dans mon cœur, s'est blotti dans un coin et s'est endormi en disparaissant dans une lumineuse clarté…

Il n'y avait pas de doute, le rêve du Bienheureux avait guéri ma mère. Hélas, il n'y avait personne pour guérir mamie. Elle devenait bizarre, et chaque jour davantage. Elle continuait encore d'aller à son travail, mais elle recommença à se comporter comme une comtesse qui ordonne d'atteler son carrosse et puis va se coucher. Les extravagances de ma grand-mère exaspéraient la directrice de l'orphelinat, qui, un jour, me rencontrant dans la rue et ne voulant pas ennuyer Beauté, me demanda d'essayer d'influencer mamie Anastasia. Mais qu'aurais-je pu faire, puisque mamie cessa soudain de me voir, je lui étais devenu transparent comme l'air. Elle laissait sans cesse entendre que Dieu l'avait punie pour ses péchés de jeunesse, qu'Il lui avait enlevé ses deux petits-fils, celui qui était né et celui qui n'avait pas eu le temps de naître. Et qu'Il lui avait ordonné de devenir Antigone, ce qu'elle ne voulait pas, ou alors une Antigone polonaise. Quand je m'approchais d'elle, je voyais la peur naître dans son regard, et j'entendais un murmure craintif : « Je ne vais pas t'ensevelir, que Dieu t'enterre. »

Ces paroles me blessaient, me déchiraient comme une feuille de papier. Je ne me souvenais pas d'avoir commis de faute. Déconcerté par le comportement incompréhensible de mamie, je me mis à l'éviter et je passai désormais tout mon temps à la gare.

J'appris rapidement à y vivre, je me fondis dans l'ambiance ferroviaire. Bientôt on me considéra comme faisant partie des lieux, on m'offrait du thé et parfois de la kacha ou de la sempiternelle soupe aux choux. Les cheminots, des femmes pour la plupart, m'aménagèrent même un coin pour faire mes devoirs dans la salle de dispatching. Je rentrais tard à la maison, quand mamie dormait déjà, ou s'apprêtait pour la nuit. Ma mère, il est vrai, m'avait arrangé la possibilité de rester dans le foyer de l'orphelinat en dehors des heures de classe, mais je refusai. Les éducateurs m'agaçaient, les regards toujours soupçonneux de ces anciens commissaires en retraite ou de ces komsomols fanatisés m'irritaient. Alors qu'à la gare j'étais chez moi.

Un beau jour, la responsable du jour, la tante Grounia, accourut le visage en feu :

— Viens vite voir, il y a un espion !

Nous retournâmes vers la rampe. Là, mes jambes se dérobèrent sous moi : un jeune soldat emmenait ma grand-mère à la pointe de sa baïonnette. Elle portait un uniforme militaire, celui qu'elle avait en revenant de sa quête de la tombe de mon grand-père Théodore. L'étonnement venait de l'immense étoile de carton blanc fixée à sa chapka, et du balai de bouleau qu'elle portait à l'épaule en guise de fusil. L'ensemble était

tragi-comique ; je ne savais s'il me fallait rire ou pleurer. Et comme tout le monde, et surtout l'homme du
NKVD, avait l'air sérieux, je me mis à rire.

— Mais c'est ma grand-mère ! Ce n'est pas du tout
un espion ! m'écriai-je.

Les regards de l'assistance se tournèrent vers moi,
puis vers ma grand-mère, et de nouveau vers moi.
En un clin d'œil, la sévérité disparut, les sourires fleu-
rirent sur les visages des badauds. La tante Grounia
faillit s'asseoir de joie.

— Quel cirque ! Je vais mourir de plaisir, Petia,
gloussait-elle.

Je suivis ma grand-mère, plein d'incertitude. Pour
moi, la farce était finie. Je me creusais la tête : mais
qu'est-ce qu'elle a encore fait, ma mamie ? Quelle nouvelle bizarrerie l'avait prise ? Je dépassai le convoyeur
pour voir si, en me croisant, elle allait me reconnaître.
Elle s'exclama de loin :

— Mon petit-fils chéri, je te retrouve ! Et moi qui
pensais déjà que tu étais mort avec l'autre, avec celui
qui n'est pas né ! Mais voilà que tu es revenu ! Et
moi, pendant ce temps, il m'est poussé des ailes ! Tu
les vois ? Je suis devenue un ange. Et on m'a confié
une mission. Il me faut blanchir les bolcheviques. Il
me faut montrer Staline aux gens. Il faut montrer ce
Kostey en pleine lumière. Je suis la seule à pouvoir le
faire, il n'y a personne d'autre.

Je compris qu'elle était très malade et du coup
je lui pardonnai tout le passé. Une grande tristesse
me prit. Sans faire attention aux cris du convoyeur
ni à ses menaces de faire usage de son arme, je cou-

rus vers mamie, je pris sa main et nous nous dirigeâmes ensemble vers l'inquisiteur du NKVD. On ne
me chassa pas. Je m'assis avec mamie dans la salle
d'attente. La curiosité me taraudait : allaient-ils interroger ma grand-mère et lui faire un procès ou bien se
passeraient-ils de jugement ?

L'instant d'après, mamie me lança un regard complice, me caressa la tête puis s'approcha de l'homme
de garde.

— Fais venir le commandant, et vite ! dit-elle d'un
ton de souveraine. Il peut peut-être perdre son temps,
pas moi. J'ai une mission à accomplir. Et en l'attendant, je vais t'exorciser, espèce de fils de chienne.

Elle fit un signe de croix sur lui et se mit à réciter :

Depuis vingt ans, un brouillard rouge s'étale,
Il couvre tout et en barreaux se change ;
Moi, je vous sortirai de ces rouges étoiles,
Je m'en vais vous absoudre de ce magma étrange.

L'homme de garde, entendant ces paroles, pâlit et
regarda avec crainte autour de lui. Moi, je fus figé par
l'étonnement. D'où ma grand-mère avait-elle pu sortir
ces vers ? C'était du Lermontov, ma parole ! Des vers
merveilleux, pareils à un cheval blanc à crinière noire.
Et elle les récita dans un russe littéraire parfait – un
autre mystère, car mamie Anastasie connaissait fort
mal le parler du pays.

— Mon petit, regarde comme il est devenu blanc !
(Elle montra le garde du doigt.) C'est donc encore un

être humain, il n'est pas encore complètement pourri. Demain, son cœur sera blanc comme un agneau.

— Silence ! hurla le militaire d'une voix étrange, et il pâlit encore plus, comme dérouté par son propre cri.

À ce moment Beauté pénétra dans la salle d'attente. En même temps, du côté opposé, de derrière une porte blindée, apparut Dourov.

— Quelle chance que ce soit moi le plénipotentiaire ici, lança-t-il à ma mère tout en frottant son menton rasé qui bleuissait. Un jeune gratte-papier n'aurait pas laissé passer une occasion semblable pour se mettre en valeur.

Il insista encore, et ses yeux sombres, un peu bridés, eurent un éclat chaleureux :

— Si je n'avais pas été là, ta mère, dès après-demain, aurait lapé la soupe de la marmite du goulag. Elle a doublement mérité d'aller au camp. Je lui ai déjà fait éviter « élément socialement dangereux » et aujourd'hui encore la « propagande antisoviétique » et la « suspicion d'espionnage ». C'est que je connais la vie, moi, mais désormais il faudrait que toi aussi tu en connaisses le goût.

— Merci beaucoup, Semion Semionovitch, répondit docilement ma mère, et elle se mit à nous pousser discrètement hors de l'inquisitoire.

— Toi aussi, je te blanchirai ! cria mamie à Dourov, déjà au seuil de la porte. Tu seras blanc comme un meunier, plus blanc que feu Nicolas II ou que la robe d'argent de son épouse !

Tout au long du chemin et puis à la maison, mamie parla sans cesse de sa mission. Le rouge de ses joues rajeunissait son visage, une sorte de beauté farouche émanait de ses traits. Cependant dans le bleu romantique de ses yeux apparaissaient de plus en plus nettement les stigmates blancs de la folie. Beauté me dit que ma grand-mère avait été frappée de schizophrénie, une terrible maladie psychique. Cependant ce diagnostic n'éveillait chez moi aucune crainte, bien au contraire. Mon cœur s'était ouvert à ma grand-mère et j'écoutais ses tirades avec concentration. C'est sûr, elle était différente. Sa différence excitait mon inépuisable curiosité. Elle voyait des choses que je ne pouvais voir, elle traversait des dimensions qui m'étaient inconnues. Dans sa nouvelle manière d'être, elle rappelait un peu Pakhomius et aussi l'archiprêtre Avvakoum avec ses prophéties.

Avec la maladie de mamie, une misère aggravée vint hanter notre maison. Deux rations alimentaires de famine devaient désormais maintenir en vie trois personnes. Beauté se tracassait avant tout pour moi, et faisait des démarches pour que la ration de mamie lui fût rétablie. Habitué comme je l'étais à la misère et à la faim, je ne ressentais pas trop le changement ; j'étais même fier de pouvoir aider de cette manière.

Cependant ma grand-mère nous abandonna bientôt ; elle s'acoquina avec Avvakoum-Gricha, le joueur d'accordéon octogénaire. Il était désormais son confident, son compagnon dans la propagation de l'idée de la blancheur. Elle conquit complètement l'âme de Gricha, s'attacha son cœur par d'invisibles liens. Du matin au soir ils parcouraient le voisinage, proclamant *urbi et orbi* que tout était issu de la blancheur, que la blancheur était le bien, la vérité, la liberté, qu'elle constituait l'antidote de toutes les maladies. Le cosmos entier, et chaque être en particulier, devait contenir au moins soixante pour cent de blanc et vingt pour cent de bleu, sans quoi la vie deviendrait un enfer. Le bolchevisme, c'était l'enfer car il n'était que rouge. Il n'était pas le feu, car il semait la froidure et la faim, c'était un cancer qui sans répit rongeait les gens, c'était la mort vêtue de rouge. Le bolchevisme était l'enfer car il étranglait la blancheur et piétinait le bleu. Mais la blancheur était immortelle, la blancheur était un souffle, elle donnait la vie, elle germait en chacun de nous. Déjà, elle avait vaincu le rouge bolchevique, il ne restait plus qu'à le décolorer. Le bolchevisme était mort le jour de sa création, et Staline n'était plus vivant. Il arpentait encore ce monde, il était encore au Kremlin car il lui fallait boire tout le sang innocent qu'il avait versé, siroter le rouge qu'il avait répandu. Et ses serviteurs, toute cette inquisition de cimetière, tous devaient faire de même…

Rien ne pouvait justifier de telles paroles, pas même une maladie mentale. L'impunité de mamie venait en partie de la langue, car elle répandait l'idée de la blancheur soit en polonais, soit en français, langues que pratiquement personne ne connaissait, et ceux qui comprenaient quelque chose n'étaient pas mécontents d'entendre de telles paroles. Avec l'agrément supplémentaire de mélodies funèbres que Gricha tirait de son vieil accordéon.

Ma mère, avec le temps, s'était habituée aux extravagances de mamie et cessa de s'en inquiéter. Pourtant, moi, j'avais peur. La crainte pour mamie troublait mon sommeil et mes veilles. Une pareille idylle ne pouvait durer longtemps, or elle se prolongeait. Quelque chose devait se gripper, se bloquer. C'était dans l'ordre des choses. Et, malheureusement, mon pressentiment ne me trompait pas. Mamie et Gricha furent abattus dans un camp du goulag, distant de cinq kilomètres de notre bourgade, et qui n'avait même pas de nom, juste un numéro. Par quel tour de passe-passe avaient-ils pu pénétrer à l'intérieur d'un périmètre sévèrement gardé ? Ils y étaient allés répandre l'idéal de la blancheur et les balles des gardiens les y avaient atteints.

Nous enterrâmes mamie et Avvakoum le jour même. Un ciel sibérien, d'un violet effrayant, planait au-dessus du cimetière. Cependant je me sentais étrangement paisible. Ce n'est que lorsque les mottes gelées se mirent à tambouriner sur les couvercles des cercueils que mon cœur se serra. En regardant ma mère, je me mis à songer au Bienheureux et à Abélard, dont Beauté m'avait raconté l'histoire aux jours de son bonheur. Saurais-je aimer comme aimait le Bienheureux ? J'étais en train de me poser cette question quand j'aperçus Dourov, le plénipotentiaire. Il regardait ma mère, non pas à la manière dont un affamé regarde le pain, non, il la fixait comme un chat repu regarde une souris qui n'a pas la moindre chance de fuir.

Je serrai la main de Beauté et éclatai en larmes de désespoir.

La rencontre

La froideur émanait du professeur principal de notre classe, Vadim Kirillovitch. Nous ne parvenions pas à trouver de langue commune avec lui. Il était comme un corps étranger parmi nous, c'est pourquoi les gars de l'orphelinat l'avaient surnommé le Compère. Ce terme était venu du monde du goulag et désignait un homme appartenant aux organes de sécurité. Il était invalide, son bras droit avait été arraché par la mitraille au moment où il lançait à l'attaque la compagnie dont il avait été le commissaire. Il soulignait sans répit que l'armée était le trésor de chaque pays et que lui, depuis son enfance, il était lié à l'armée. Il devait sans doute avoir pris part à la guerre civile et à la campagne contre la Pologne ; il n'en parlait jamais, mais je m'en doutais. Nous étions constamment en bisbille. Il me rappelait un peu Nicolas Ostrovski, l'auteur du fameux livre *Et l'acier fut trempé.* Je le lui dis un jour, en ajoutant quelque chose de mon propre cru : que la pomme ne tombe jamais loin du pommier. Toutefois je lançai ces derniers mots en polonais.

— Répète ta dernière phrase, demanda-t-il.

— Le prêtre ne fait jamais deux fois le même sermon, répliquai-je, toujours dans ma langue maternelle.

Je vis à ses yeux qu'il avait compris le sens. Ses
mâchoires au dessin net le confirmèrent en se cris-
pant. J'imaginai qu'il allait me convoquer après les
cours pour un sermon éducatif, ou encore qu'il me
collerait une retenue. Mais il n'en fut rien.

— Tu es raide comme tous les Polonais, me dit-il
seulement. Mais pourquoi faut-il toujours que tu te
cherches des ennuis ? Je te conseille d'apprendre à
te taire.

Il ne m'avait pas puni. C'était une sorte d'événement. Qui ne découlait toutefois pas de sa mansuétude,
je ne le savais que trop. C'était le froid qui calmait
ses colères et atténuait sa vindicte. Il supportait très
mal le froid. Même dans notre classe, où il faisait relativement bon, il gardait sa magnifique peau lainée
militaire. Or la température extérieure était tombée
jusqu'à moins trente-cinq degrés. S'il n'y avait pas eu
l'orphelinat, les cours à l'école auraient probablement
été suspendus. Ou peut-être pas, car en ces temps-
là une journée sans travail passait pour du sabotage.
Et le sabotage coûtait cinq ans de camp au minimum.
Tout le monde le savait, et chacun se rendait compte
de ce que signifiait passer cinq années de sa vie au goulag. C'était sans doute la raison pour laquelle les cours
dans notre école avaient été maintenus.

Personnellement ça ne me gênait pas. Ça permettait
d'oublier un peu la faim et les poux. Et puis, de temps

en temps on pouvait s'amuser. Quand Kirillovitch entrait dans la classe, j'avais beaucoup de plaisir à lui lancer :

— Quel froid magnifique ! Ça vous réjouit le cœur, par un froid pareil on vit bien mieux !

Compère faisait la grimace et regardait les vitres couvertes de givre. Il se recroquevillait encore davantage en s'adossant au fourneau. Au bout de quelques instants, sa paume unique, appuyée contre les carreaux du poêle hollandais, perdait sa teinte violacée et cadavérique et Kirillovitch, contournant sa chaire, commençait son cours. Et la leçon d'histoire débutait, ennuyeuse comme une affiche de propagande. Je ne parvenais pas à écouter Kirillovitch. Le timbre de sa voix me donnait la nausée — comme le contact d'un reptile.

Le professeur principal ne m'adorait pas non plus, il baissait souvent ma note, et me traitait de pilsudskien quand il s'emportait. Il ne devait pas savoir la satisfaction qu'il me procurait. J'étais le seul Polonais de l'école et personne n'y avait entendu parler de Pilsudski. Aux questions : « C'est qui, ça ? » je répondais, usant de mes connaissances extrascolaires, qu'il s'agissait du Spartacus polonais, qui n'avait jamais connu la défaite et qui jusqu'à sa mort avait été le chef de la Pologne. Nous nous heurtâmes plus d'une fois, Compère et moi, à propos du Petit Grand-père[1].

---

1. Petit Grand-père : un surnom d'amitié que les Polonais donnèrent à Pilsudski dans les années vingt.

— Si tu étais plus grand, tu chanterais une autre chanson, affirma-t-il un jour après une de mes répliques à un reproche inconsidéré de sa part. Si tu étais plus grand, moi aussi je te l'aurais chantée autrement…

Quand la radio avait annoncé que le général Anders avait trahi Staline et était passé avec toute son armée du côté des ennemis du peuple, Vadim Kirillovitch, après être entré dans la classe, nous lut à haute voix le communiqué officiel puis s'adressa à moi directement :

— Et maintenant, qu'est-ce que tu en dis, petit pilsudskien ?

— C'est de la blague, répliquai-je.

— Tu penses que Moscou ment ?

— Je ne dis pas que Moscou ment. Mais je sais une chose : sans l'accord de Staline, personne ne peut quitter l'Union soviétique. Même pas une mouche ! Vrai ou pas vrai ?

J'avais mis Compère au pied du mur.

— Oui, c'est vrai, m'accorda-t-il.

— Alors, Anders ne s'est pas sauvé.

— Qui vivra verra, rétorqua-t-il en colère et il commença son cours.

Nous vécûmes, et nous vîmes.

Peu de temps après, en rentrant de l'école, je trouvai un inconnu à la maison. Il buvait du thé. Beauté en pleurs était assise à côté de lui. Le voyageur s'avéra connaître mon père. Il apportait une lettre de sa part. Lui-même ne parvenait pas à se croire libre. Sortir de la Kolyma tenait du miracle. Dieu seul sait pourquoi on ne lui avait pas octroyé cinq années de plus.

Il avait réussi à se faufiler sur le dernier bateau de la saison qui partait de la baie de Nagaïevo et à atteindre Vladivostok à bord de cette maudite *Djourma*. Et maintenant il se dirigeait vers le front, en Europe. Son visage hâve était marqué de traces d'engelures. Ses oreilles et ses mains aussi avaient été gelées. Un réseau de rides profondes cernait le vert embrumé de ses yeux. Il me salua comme une vieille connaissance.

— Je sais tout de toi, déclara-t-il en me hissant sur ses genoux. Assieds-toi là un peu, n'aie pas honte. Tu ne peux pas savoir à quel point j'avais envie d'une chose pareille.

— Et comment c'est là-bas, à la Kolyma ? Beaucoup d'or ? demandai-je, passablement troublé.

— Drôle de question… Seul un être humain peut survivre aux camps de Kolyma. Aucun animal ne pourrait subsister dans ces conditions. La Kolyma, c'est le vrai cœur du communisme.

Il se tut un moment, avant de poursuivre :

— Ce que je viens de dire est puni de mort. Mais moi, la mort, je ne la crains plus. D'ailleurs, si je ne meurs pas à la guerre, tôt ou tard ils m'y enverront de nouveau. Le NKVD ne laisse s'échapper personne impunément. Cette sangsue boit du sang en permanence. Regarde-moi (il se pencha de côté pour que je puisse le voir), je n'ai que vingt-cinq ans. Et on m'en donnerait combien ? Au moins cinquante, je le sais. Qui voudrait m'aimer ? Qui voudrait partager la vie d'un bagnard ? Et j'ai encore cette guerre à faire auparavant… Au moins, au front on est parmi des hommes,

ajouta-t-il avec une fausse gaieté. Allons, buvons à
tous les prisonniers, et à nous, les guerriers !

Et il leva son verre que ma mère avait rempli de
gnôle empruntée à tante Frosia.

Je glissai des genoux de l'invité pour m'asseoir à
côté de lui. De mauvaises pensées germaient en moi
comme des virus. Je ne parvenais pas à appréhender
l'enfer où était mon père. Une pensée me traversa,
parmi d'autres : et si Dieu avait donné le monde, la
terre et nous avec en gestion au diable ? Ou alors
peut-être que nos prières n'arrivaient pas là où elles
auraient dû ? Parce que rien ne prouvait que Dieu
était avec nous. Et si je me trompais, où chercher les
preuves de mon erreur ?

Une révolte intérieure m'étranglait ; involontai-
rement je tendis la main vers le verre de ma mère,
encore rempli, et j'avalai la gnôle. La respiration ne me
revint qu'au bout de longues minutes. Jamais jusque-
là je n'avais eu d'alcool dans la bouche, même si mes
copains buvaient et fumaient depuis longtemps. J'en
avais avalé peu, mais j'avais du feu dans l'estomac. Je
bus de l'eau, et cela devint supportable. Un instant
plus tard, l'univers perdit sa désespérante sévérité et
le doute se fana.

— Brave petit ! (Le voyageur m'ébouriffa les cheveux.) Tu n'imagines pas comme parfois j'ai eu envie
d'un verre de vodka, surtout dans les moments où
tout espoir était perdu. Tout le monde ne peut pas
vivre comme une pierre ou un arbre. Mais le pire, ce
sont les rêves de pain. On rêve de pain sans cesse...

— Moi aussi, petit oncle, dis-je. Mais je rêve de pain blanc, moelleux comme les nuages.

— Allons, Kirillovitch, verse-t'en encore un. (Beauté remplit le verre d'un liquide trouble.)

— Notre prof principal s'appelle aussi Kirillovitch, dis-je en passant.

— Justement, le même nom que toi, ajouta ma mère.

L'invité, qui avait déjà levé son verre de vodka, se figea soudain. Se pétrifia plutôt.

— Son prénom est peut-être Vadim ?

— Oui, dis-je. Il n'a pas de bras. Blessé du côté de Kiev.

— Incroyable, murmura-t-il, et il asséch a son verre d'un trait. Quoique... c'est comme à la Kolyma, tout est possible.

— Il ressemble à Ostrovski, celui de *Et l'acier fut trempé*, ajoutai-je.

— C'est lui, à coup sûr c'est lui. (Le voyageur hocha la tête en fixant la table.) C'est mon frère, un salaud comme il y en a peu. Il a écrit une dénonciation contre moi. Et contre sa propre femme. Il nous a reniés.

Ma mère remplit vite son verre, mais Kirillovitch ne le regarda même pas.

— Allons chez lui !

— Mieux vaudrait ne pas y aller, protesta douce-ment Beauté. Ton train part dans trois heures. Pour-quoi te faire encore saigner le cœur ?

— Mon cœur saigne de toute façon. Tout comme le tien ou le sien (il me montra d'un geste). J'ai très envie de revoir ce Judas. Quoi qu'on en dise, c'est mon frère, la même mère nous a mis au monde. Et le même père.

On y alla tous les trois.

Compère ne reconnut pas son frère. Néanmoins il nous convia allègrement à sa table, lorgnant Beauté avec convoitise.

— Asseyez-vous. Je vais tout de suite faire du thé.

— Nous ne sommes pas venus boire du thé, Judas, répliqua son frère. Je suis venu t'informer que la Kolyma ne m'a pas bouffé. Ils se sont donné bien du mal, mais ils ne m'ont pas eu.

Vadim se raidit et pâlit ou plutôt devint gris cendre, comme pâlit un homme rongé par une douleur aiguë. Les rides de son visage se creusèrent.

— Et ta femme, est-elle encore vivante ? demanda son frère.

— Pardonne-moi, sanglota soudain Compère, sans bouger. Ses lèvres remuaient à peine.

— C'était une femme d'une grande beauté… (Le frère de Vadim secoua la tête, pensif, tourné vers nous.) Maria Stanislavovna était une Polonaise de Grodno. Nous l'appelions Laura. Partons d'ici, on n'y a plus rien à faire.

Et tous les trois nous partîmes vers la gare.

Le jour suivant, notre professeur principal ne parut pas à l'école. Le concierge nous apprit qu'il s'était offert un nœud coulant. J'en fus surpris. D'habitude, selon les enseignements de mamie Anastasia, les bourreaux et leurs auxiliaires ne se suicident pas. Ils se sentent innocents. Ne sont coupables que ceux qui tombent entre leurs mains.

Puisqu'il avait choisi le suicide, Vadim était donc encore un être humain. Cependant, je n'allai pas à son enterrement. Je ne réussis pas à m'y obliger, avec obstination quelque chose me soufflait de rester chez moi. Dans ma classe, personne n'y alla. Le lendemain, le froid s'aggrava, la température descendit sous les quarante-cinq degrés. Et moi, je pensai avec une satisfaction méchante que Vadim Kirillovitch allait enfin connaître le goût du goulag, qu'il allait partager le sort de mon père et de tous ceux qu'il y avait envoyés.

Mais ce n'était qu'un rêve d'enfant. Une tombe ne peut se changer en camp, personne ne peut forcer un mort à chercher de l'or. La mort libère de ce monde. Même les bourreaux en sont libérés.

Sacha

C'est dans une situation extrême que je fis la connaissance de Sacha. Comme aurait dit mon copain, le Coréen Kim, les sentiers de nos karmas se croisèrent. Voici l'histoire. Un certain Aliocha Sinitsine, un gars de l'orphelinat – vraie pépinière de voyous –, un fils de commissaire de brigade qui avait été condamné et fusillé, me donna à la récréation sans aucune raison une nasarde, et il me traita de pilsudskien pouilleux. Une bagarre s'ensuivit. Sinitsine était plus grand et plus costaud que moi. Il m'aurait sans doute facilement vaincu s'il ne s'était pas agi d'une affaire d'honneur.

« Pouilleux » ne m'avait pas vexé, mais le mépris avec lequel il avait prononcé « pilsudskien »… Et puis, Sinitsine était de ceux qui avaient renié leurs parents. Mon sang ne fit qu'un tour. Après quelques coups échangés, je devins insensible à la douleur. Nos nez saignaient, nos lèvres étaient fendues, mais lorsque à la fin je réussis à le renverser par terre, la balance de la victoire se mit à pencher de mon côté. Car une fois à terre, je parvenais toujours à vaincre un adversaire,

fût-il deux fois plus fort. Ce sont les chiens qui me
l'ont enseigné. J'avais souvent observé leur façon de
se battre et je me mis tout simplement à attaquer à
leur manière. C'était là mon secret. Une fois de plus,
la technique canine me réussit. Il demanda grâce.

Mais l'affaire n'en resta pas là.

Les plus âgés parmi les gars de l'orphelinat parlaient le jargon de la pègre, dont ils imitaient avec
ostentation le style et les attitudes. Ils devaient sentir
inconsciemment que tôt ou tard le goulag les attein-
drait, que l'orphelinat n'était qu'une étape préparatoire
pour les camps. Sinitsine faisait déjà partie de la pègre
juvénile, ou alors il aspirait à en être et devait faire ses
preuves. En tout cas, secondé par des complices, il
conçut le projet de me raccourcir d'une tête. Le secret
m'en fut trahi par Kolia Dovjenko, à qui j'avais en son
temps fait cadeau d'un tricot de corps de marin. Je
ne pris pas trop à cœur cette menace, toutefois je me
tins sur mes gardes. Après tout, en Russie soviétique
un homme ne pesait pas plus qu'un moustique, surtout quelqu'un qui avait franchi l'Oural en venant de
l'ouest. Ceux-là pouvaient disparaître sans laisser de
trace, et souvent ils disparaissaient ainsi.

Je me liai d'amitié avec le chien de notre voisin le
chef de gare. Je tenais la tête de Baïane dans mes mains
et je le regardais dans les yeux en répétant à haute
voix qu'on me guettait. Baïane dut me comprendre,
car il ne me quittait plus d'un pas. J'avais fini par
presque oublier la menace lorsqu'elle se concrétisa.
Sinitsine et trois comparses m'assaillirent sur un sentier du jardin public par où je revenais de l'école. Ils

savaient que j'avais un chien et avaient préparé des bâtons et des pierres. La bagarre commença. J'esquivais de mon mieux. Mais arriva l'inévitable instant, quand à une douleur aiguë succèdent le silence et la béatitude. Lorsque je revins à moi, je vis le visage de Sacha penché sur moi et Baïane en sang à mes côtés.

— Tu es vivant, murmura-t-il en exhibant ses gencives rongées par le scorbut. À quatre contre un ! Quels salopards ! Avec des bâtons et des couteaux, à la soviétique. Du miel de merde ! Mais tu es vivant, c'est l'essentiel. Allons, debout ! Et le chien, nous le soignerons aussi.

Depuis six mois, Sacha était l'homme à tout faire de l'orphelinat. Il n'avait plus de pied gauche, ni d'avant-bras gauche, amputé au coude. À la fin de sa condamnation de cinq ans à la Kolyma, on l'avait classé parmi les invalides. Il avait travaillé dans une mine d'or, en première ligne, à l'abattage, là où cent grammes d'or se payaient d'une vie humaine. Cependant on ne parvenait pas toujours à enterrer tout le monde dans le permafrost comme le voulait le plan. L'être humain est parfois étonnant de résistance.

On ne libérait pourtant pas les déchets humains de la Kolyma, ceux qui n'étaient pas morts au bout du temps réglementaire. C'eût été gênant de montrer au monde de pareilles choses. Sacha lui-même considérait qu'on l'avait laissé partir par erreur. Il avait été versé dans un groupe de volontaires à qui les « organes » avaient permis d'aller au front. On ne le débusqua qu'à Irkoutsk, au moment de répartir les hommes dans les unités combattantes. Quelqu'un s'aperçut enfin de son invalidité. Son dossier fut réexaminé et transmis au NKVD. Là, le responsable, un vieux de la vieille, en siffla d'étonnement lorsqu'il feuilleta les actes de son dossier. Pour des raisons qu'il fut le seul à connaître, la situation l'amusa.

– Les erreurs peuvent faire des miracles, dit-il à Sacha. Mais puisque tu as réussi à arriver jusqu'à moi, tu resteras avec moi. Ou plutôt, non. Tu vas aller là où je suis né.

Et c'est ainsi que Sacha apparut dans notre bourgade, où cinquante ans plus tôt était né le plénipotentiaire du NKVD d'Irkoutsk, un descendant, paraît-il, d'exilés polonais. Au début, les jours de Sacha n'étaient pas des plus tranquilles. Il se sentait traqué en permanence et vivait comme sur des charbons ardents. Mais combien de temps peut-on vivre ainsi ? Sacha le comprit et, au bout d'une semaine ou deux, cessa de se tracasser pour le présent, et cent fois plus encore pour l'avenir. Il décida d'être lui-même. Il cessa donc de croire que quelqu'un allait venir pour l'emmener dans un camp pour invalides, là où l'aveugle travaille en équipe avec le cul-de-jatte, le sourd avec le manchot, où il faut se mettre à cinq pour compter deux jambes et trois bras, mais où chacun doit néanmoins fournir la norme de travail – avec ses mains, avec ses pieds, et s'il le faut avec ses dents. Sacha fut adopté par les cuisinières de l'orphelinat. Or, lorsque l'homme cesse d'être torturé par la faim, la joie de vivre renaît en lui. Bientôt Sacha retrouva le sourire, et de nouveau il aima les femmes et les enfants comme il convient de les aimer.

C'était Dovjenko qui avait parlé à Sacha des menaces contre ma vie, quand il s'était aperçu que Sinitsine préparait son action. Kolia raconta plus tard qu'en entendant mon nom Sacha pâlit, puis se reprit et fonça là où il fallait courir.

— Ton patronyme est bien Champagnevitch ? demanda mon sauveur pendant qu'il me raccompagnait à la maison.

Le chien se traînait derrière nous en geignant. Sacha esquissa de la tête un signe de compassion.

Ma mère était sur le seuil. Sacha lui raconta l'affaire. Il vanta en passant mon courage, me promut quasi-héros. Beauté était de bonne humeur et nous évitâmes les éclats de voix. À notre arrivée, la pièce était dans la pénombre. Ma mère alluma la lumière pour s'occuper de moi et du chien. Alors, Sacha perdit la parole. Il se mua en un bloc de pierre. Je pensai qu'il était peut-être malade et qu'une crise allait commencer. J'attirai l'attention de ma mère. Elle jeta un coup d'œil par-dessus son épaule et hocha la tête en souriant.

— Tiens, un tracas de plus. Qu'est-ce que je vais en faire, malheureuse que je suis, de votre amour à tous ? Allons, assieds-toi à la table, ajouta-t-elle après avoir pansé le chien Baïane.

Mon sauveur ne quittait pas Beauté des yeux. Ma mère entre-temps se lava les mains, partit chez Frosia et revint avec un verre de gnôle.

— Tiens, bois ça, fais-moi plaisir.

— Désormais, je suis ton chien. Ton brave chien, dit Sacha. J'ai connu ton mari. Nous étions dans le

même camp; qui aurait pu imaginer que j'allais rencontrer la femme de Poignard ? Nous l'avions surnommé ainsi, expliqua-t-il.

— Il n'est plus là, dit tristement ma mère. Bientôt
un an qu'ils l'ont repris. Il s'était battu avec le secrétaire du Parti. Et toi, tu y étais pourquoi ? Pas pour
un meurtre, j'espère ?

— Non, on m'avait collé une lettre[1]. Condamné politique.

— Donc, tu es des nôtres. Mais ne viens pas trop
souvent chez nous. On a failli me tuer le gosse à cause
du Bienheureux.

— Mais tu me laisseras te regarder, murmura Sacha
d'un ton suppliant. Que tu le permettes ou pas, je vais
m'user les yeux à te regarder.

— Regarde tant qu'il te plaira, répondit Beauté.
Fais-toi plaisir à satiété ; tu as été dans les camps.
Mais fais bien attention à Dourov. C'est une vipère
comme il y en a peu. S'il remarque quoi que ce soit, il
te détruira. C'est aussi un de mes prétendants…

— Merci de me prévenir, répliqua Sacha avec un
sourire gaillard, déjà grandi d'un bon pouce et rajeuni
de cinq ans au moins. Je vais essayer de ne pas m'en
faire remarquer. Désormais je veux vivre le plus longtemps possible. La vie m'écrit à présent un poème différent. Une fois de plus, merci.

---

1. Dans le code pénal soviétique, les articles relatifs aux crimes
politiques étaient divisés en paragraphes désignés par les lettres
successives de l'alphabet. Chaque lettre attribuait une durée de
réclusion selon la gravité du « crime ».

Mais Sacha ne parvint pas à se préserver. Dans ce monde, un amour authentique ne passe pas inaperçu. Et une passion véritable ne saurait se taire. De plus en plus de gens connaissaient Sacha, de plus en plus de gens le voyaient dans les parages de l'hôpital. Or, quand quelqu'un y traînait trop souvent, on savait de quoi il retournait. C'était clair aussi que Dourov allait l'apprendre sans tarder. Et qu'il allait réagir à la soviétique.

Par coïncidence, je fus témoin de l'arrestation de Sacha, je courus aussitôt chez ma mère, à l'hôpital. Elle ôta vite sa blouse blanche et nous fonçâmes chez Dourov.

— À cause de moi tu vas détruire un homme! Relâche-le, qu'est-ce qu'il t'a fait? demanda ma mère.

— Je ne peux pas, répondit-il, mais je te promets de ne pas l'envoyer dans un camp. Il va juste changer de lieu de résidence.

— Laisse-moi au moins lui dire adieu.

— Non, je ne te laisserai pas. Mais il se trouve que j'ai quelque chose pour toi. Tu m'avais demandé de me renseigner sur ce que devenait ton mari. Voici des nouvelles.

Et il lui tendit une lettre officielle.

Ma mère lut et pâlit. Elle saisit, tremblante, ma main qu'elle serra dans la sienne. Elle parvint à se maîtriser et n'éclata pas en sanglots. Au bout d'un instant sa main se détendit.

— Ils ont tué ton père et ils ont écrit qu'il est mort d'une pneumonie, dit-elle d'une voix blanche. Et après, ils vont me tuer, et toi aussi. Ils assassinent tout le monde.

La tristesse surgie du fond de son cœur de Juive mit encore en valeur son extraordinaire beauté. Ma mère se dressait là, si douloureusement belle que même moi, habitué à cette vue, j'en fus saisi.

Dourov non plus ne put résister, il contourna son bureau, s'arrêta devant elle.

— Aie pitié de moi, ne m'achève pas ! Je t'aime, je deviens fou.

Nous sortîmes sans un mot. Dans la rue, nous nous séparâmes. Ma mère retourna à l'hôpital. Moi, je me traînai vers l'école.

La mort de mon père me faisait mal, mais pas au point d'oublier Beauté. Je marchais en rêvant de rencontrer un jour une femme aussi belle que ma mère et d'en tomber amoureux, d'aimer à la façon de Sacha ou du Bienheureux.

« Et puis après ? m'interrogeai-je. Et ensuite devenir pilote ou marin. » Et avec cette réponse je continuai mon chemin de nostalgie.

Le cercueil

La maison de pépé Evtouchenko ne désemplissait jamais. Tout le monde avait envie de passer chez lui, pour bavarder ou pour se taire. Evtouchenko apaisait, il offrait ce qui nous manquait à tous : l'occasion de rêver, de rester pensif. Les enfants ne venaient pas chez le grand-père, il ne les laissait pas entrer. Moi cependant, j'eus un jour le courage de vaincre ma gêne ; j'entrai pour m'asseoir sans dire mot à côté de lui. Sachka-sans-jambes, qui justement était là en visite, expliqua que j'étais le fils de Beauté et que j'écrivais des poèmes.

— Tu peux rester alors, dit le pépé en clignant des yeux. Tu es grand. C'est vrai que tu n'as pas encore couché avec une femme, mais tu fréquentes les mots.

Cette maison avait une attraction, un aimant supplémentaire : le cercueil que le pépé sculptait pour lui-même. De temps en temps il s'y couchait afin, disait-il, de bavarder un peu avec Dieu pour ne pas devenir une brute complète. Son cercueil embellissait de jour en jour. C'était une œuvre d'art où le grand-père exprimait ce qu'il ne pouvait traduire en paroles ou en gestes. Le couvercle s'ornait d'un bas-relief représentant un Kostey[1] agenouillé, les bras tendus en supplication vers la figure de la mort ailée qui se dressait devant lui.

J'étais bouleversé à chacune de mes visites en regardant l'œuvre d'Evtouchenko. La sévère majesté de la scène suscitait en moi un désir accru de vivre, comme pour défier la mortalité ambiante. Et pour défier aussi le mal, si difficile à assumer. Ce cercueil, ciselé avec piété, me disait aussi que personne n'avait le droit de faire l'œuvre de la mort à la place de celle-ci, qu'elle n'avait pas besoin de mercenaires. Qu'il fallait préserver la vie et laisser la mort à la mort.

— Ça t'impressionne ? me demanda Sachka-sans-jambes à me voir ainsi fasciné. Tu en es tout pâle. C'est au Kremlin qu'on devrait exposer de tels joujoux, dans la chambre de chaque potentat. Le monde en aurait une autre allure, et moi, une mine ne m'aurait pas arraché les jambes.

Oui, cela me faisait de l'effet. Un effet profond. Pour moi-même, pour l'univers entier. Avec prudence, je compris que, moi aussi, on m'avait envoyé en Sibérie pour que je meure plus tôt qu'à mon tour, que j'étais là par un caprice des forces du mal. Dans notre bourgade, les autochtones se comptaient sur les doigts des deux mains. Comment des mortels pouvaient-ils condamner ainsi d'autres mortels ? Je n'arrivais pas à comprendre. Que pouvaient sentir ceux qui nous avaient envoyés ici, et ceux qui nous

---

1. Voir note 1, p. 86.

y gardaient ? J'avais envie de le demander au pépé
ou à Sachka, mais sans doute n'en savaient-ils pas
plus que moi. On sait très peu de chose sur ce qui
est essentiel.

Quoi qu'il en fût, le cercueil du pépé me rendit
l'approche de la mort plus familière, il nous présenta
l'un à l'autre et en même temps, comme je l'ai déjà dit,
il exaspéra mon désir de vivre. Oui, mais comment
vivre sans se faner ?

— Tu as tout chez toi, pépé, murmurai-je involontai-
rement. Tu n'as pas besoin de chercher ailleurs.

— Et toi, qu'est-ce qui te manque donc ?

— Je voudrais voler. Voler très haut, pour voir de
quoi ce monde a l'air vu du ciel.

— Tu essaies d'écrire de la poésie, dit Sachka-sans-
jambes. Donc, tu voles. Tu voles avec les anges, plus
haut que les avions.

— Ce n'est pas pareil.

— Tu te trompes. Tu le comprendras un jour tout
seul.

C'est ainsi que je devins un habitué de la maison
d'Evtouchenko, perdant pour un temps mon intérêt
pour la gare. La maison du pépé était devenue mon
temple et mon université. L'école m'ennuyait, même si
je n'avais pas de problèmes avec les leçons, ayant, par
simple curiosité, assimilé en un mois le programme de
l'année. Grâce à cette curiosité, j'avais bouclé à onze
ans le programme complet de collège. En ces temps-
là, je me mis à apprécier la solitude, quoique pour de
courtes périodes. J'avais envie d'être seul quand je
lisais la Bible ou composais des vers. Je lisais beau-

coup, mais, après avoir digéré les chefs-d'œuvre
accessibles dans la bibliothèque du bourg, j'avais
du mal à trouver des livres intéressants. Pour la plupart, c'étaient de simples balivernes. Je tentai de
mordre dans Dostoïevski, fasciné par les tourments
de Raskolnikov. Lermontov restait toujours à portée
de main, et chaque jour je lisais la Bible, m'efforçant
avec des résultats médiocres d'en comprendre le
début. L'arbre de vie, l'arbre de connaissance, le
serpent et l'exil du Paradis – tout cela était pour moi
une montagne inaccessible, une noix que je ne savais
ouvrir. Beauté avait du mal à me l'expliquer, elle ne
faisait qu'affirmer que les paroles de la Bible s'adres-
saient plus au cœur qu'à la raison. Ce qui ne m'apaisait pas, et au contraire me tracassait davantage. Pour
cette raison j'aimais aller chez Evtouchenko, regarder ses yeux cernés de rides, son visage enfoui dans
une barbe blanche, pendant qu'en silence il ciselait
son cercueil, son défi à la vanité du monde. Moi, je
tentais d'écrire des poèmes pendant que lui créait de
ses doigts sensibles un poème en bois, enfermant le
mystère poétique dans le troublant face-à-face entre
Kostey et la mort.

Je n'étais toutefois pas souvent seul à seul avec le
pépé, car sa maison était rarement vide. Sachka-sans-
jambes venait chaque jour, et aussi la mémé Raya qui
chantait à côté du cercueil le cinquantième psaume
de David, et puis le Chinois Li qui se taisait toujours
bien qu'il ne fût pas muet, et aussi le chaman bouriate,
et bien d'autres encore.

Un jour, Dourov fit une visite au pépé, l'haleine chargée de gnôle mal digérée. Le rouge de son visage rasé le disputait au rouge de l'étoile sur sa casquette.

— Buvons, grand-père ! entonna-t-il d'un ton chantant, et il sortit une bouteille de son porte-documents.

— Boire, on peut toujours, répondit le pépé. Encore que je n'aie plus de goût pour la vodka. C'est comme si je buvais du plomb. Il y a un temps pour tout. Mais toi, bois, bois donc à ta santé.

— Tout seul, je ne peux pas. Et lui, il est trop petit (il me montra de la tête). Juste une goutte ! Quoi, tu as peur de moi ?

— Je n'ai plus peur de personne… (Evtouchenko trinqua avec Dourov et avala la boisson.) Mais toi, qu'est-ce qui te ronge ? Pourquoi es-tu venu ? Ce n'est pas pour m'arrêter, tout de même ?

— Je suis mal, se plaignit Dourov et il huma une croûte de pain. Il coupa ensuite du pain et un oignon. Sers-toi, Petia (il se tourna de mon côté). C'est à cause de ta mère que je vais mal.

Je profitai de l'invitation sans dire mot. J'étais fier de ce que ma mère repoussât des gens tels que lui. Il fallait l'avouer, Dourov était un homme exceptionnellement beau et beaucoup de femmes le suivaient des yeux comme envoûtées. Mais il n'avait pas l'ombre d'une chance auprès de ma mère. Plus le temps passait, plus j'en étais convaincu.

— Ce n'est peut-être pas pour cette raison-là que tu sens un vide ? (Pépé posa sa question avec prudence et se mit comme à son habitude à enrouler les poils de sa

longue barbe autour de son index.) C'est peut-être ta
conscience qui se réveille.

— Quelle conscience encore ? De quoi tu parles ?

— Combien de gens as-tu tués ? Combien en as-tu
martyrisés ?

— Tais-toi ! hurla Dourov. Ne te laisse pas trop
aller !

— Ne crie pas. Ce n'est pas moi qui suis venu chez
toi. Et puis, qu'est-ce que tu peux me faire ? Je suis
trop vieux pour le goulag. Et quant à la mort, j'y
aspire de toute façon.

— Bien, excuse-moi, murmura l'autre au bout d'un
moment, comme après un combat intérieur. Mais ce
n'est pas la conscience. C'est l'amour.

— Ton âme est souillée, et donc ton amour n'est pas
pur. L'amour et la conscience sont frère et sœur.

— Alors, que dois-je faire ? J'aime sa mère !

— Mais as-tu un instant pensé à ce que tu repré-
sentes pour Beauté ? Est-ce qu'elle ne te craint pas ?
Tout le monde ici a peur de toi.

— Et toi, est-ce que tu m'aimes bien ? Dis-moi la
vérité, m'interpella soudain Dourov.

— Non, répondis-je après un long moment, les yeux
fixés sur le cercueil et serrant un doigt du pépé dans
ma main. Je ne t'aime pas.

— Et pourquoi ça ?

— Je ne sais pas, répondis-je, ce qui n'était qu'une
demi-vérité. Et, reprenant courage, je tendis la main
vers un autre morceau de pain.

— Alors, qu'est-ce que je dois faire ? répéta-t-il avec
désespoir, et il vida son verre plein à ras bord.

— Sois un homme, conseilla le pépé. Va au front. Va là où se trouve toute la Russie, fais-toi soldat au lieu d'être un flic.

— Silence ! hurla-t-il, et il but encore. Alors, je suis quoi en ce moment ?

— Tu es ténèbres. Tu es le noir.

— Alors, il me faut devenir clarté ! répliqua l'autre, pensif. (Nous avions l'impression que les vapeurs d'alcool prenaient le dessus.) Bon. Alors, allons arrêter Konkine, le directeur de l'école.

— Est-ce qu'il le faut vraiment ?

— Désormais, il le faut. Suivez-moi.

Grand-père Evtouchenko tenta de protester, mais en vain. Et nous partîmes. En nous voyant, Konkine leva des sourcils étonnés. Son regard interrogatif se posa avant tout sur moi.

— Tu es arrêté, lui lança Dourov sans préambule. Emballe tes affaires.

— Pourquoi ? (Le directeur de l'école devint pâle et fit un effort pour sourire.) Ne plaisante donc pas.

— Tu sais bien pourquoi. N'as-tu pas assassiné Koltsov ? Et sur lui aussi tu as tiré en voulant tuer Pakhomius (il me montra d'un geste).

— On va tirer tout ça au clair, murmura Konkine, avant d'ajouter : Mais rends-moi service. Attendons que ma femme rentre. Entre-temps, je vais faire mes bagages.

— C'est d'accord, dit Dourov. C'est faisable. Mets-nous une bouteille sur la table. Et n'oublie pas de te raser. Je ne supporte pas les types négligés.

Dourov versa une goutte au grand-père et un demi-verre pour lui-même. Après avoir vidé une bouteille de gnôle, il avait l'air plus sobre qu'en arrivant chez le pépé. Seuls ses yeux étaient tristes, comme voilés. On y apercevait toutefois des étincelles qui rappelaient à s'y méprendre les éclairs dans les yeux d'un tigre d'Oussouri enfermé dans une cage.

— C'est ainsi que vont les choses. (Sa voix enrouée se fit basse.) Dis-moi, pépé, pourquoi on aime tuer ? Moi, c'est ma fonction, je ne peux pas faire autrement. Mais lui ? Il doit y avoir quelque chose…

— C'est une maladie, constata Evtouchenko. Une épidémie. Le diable vous a contaminés. Le monde entier en est malade. Et la guerre.

— Et comment en guérir ?

— Toi, tu ne guériras plus, tomba la dure réponse. C'est trop tard. Tu es un syphilitique fini.

— Et lui alors ? (Dourov posa la question sans colère, en montrant la pièce où s'affairait Konkine.) Lui aussi est un syphilitique inguérissable ?

— C'est une ruine. Tout comme toi, confirma le grand-père.

— Ohé, toi, là-bas ! Viens ici, syphilitique ! appela en souriant le plénipotentiaire du NKVD.

Konkine ne répondit pas. Dourov appela de nouveau. Silence. Il me fit un signe de la tête. J'entrai et je me figeai, incapable de proférer un mot. La tête de l'arrêté pendait hors du lit. La gorge, tranchée par le rasoir, était un trou béant. Une flaque de sang noircissait le plancher à côté du rasoir ouvert.

— Pourquoi il a fait ça ? demandai-je plus tard à Evtouchenko, après avoir recouvré la parole.

— De peur. Il a eu peur de la Kolyma. Le salaud. Ne le regrette pas. C'est peut-être mieux ainsi. Là-bas, il n'aurait pas été meilleur. Il aurait dénoncé, assassiné. Ce sont des syphilitiques, mon garçon. Ils ont toujours régi notre monde.

— Et moi ?

Je posai la question bien plus tard, dans la maison du grand-père, en regardant fixement son cercueil, comme un astronome regarde le ciel étoilé dans sa lunette, avec l'espoir et le pressentiment que justement cette nuit-là il va découvrir une planète inconnue.

Je n'entendis pas de réponse.

La chapka de zibeline

Vania Sorokine était âgé de vingt-sept ans. Comme une bosse de forte taille déformait son dos, l'armée n'en avait pas voulu. Il était, de surcroît, un bossu chétif, il ne pouvait ni abattre la forêt ni travailler au flottage des troncs. Il aurait pu, il est vrai, se faire facteur, mais une susceptibilité excessive quant à son apparence et sa timidité devant les femmes lui avaient fait préférer le métier de chasseur. Il passait ses hivers dans la taïga, à traquer les zibelines et d'autres bêtes à fourrure. Il ne rentrait chez lui que durant l'été, pour préparer la saison de chasse suivante. Il parvenait ainsi à joindre les deux bouts. Personne ne le dénonçait et lui non plus ne dénonçait personne, le goulag ne le menaçait donc pas. Il pouvait continuer à se taire et à rapiécer ses vêtements ouatinés. Sa vie aurait peut-être pris un autre cours si Tania et moi n'y avions pas fait irruption.

Croyant qu'il n'était pas encore revenu de la taïga, nous prîmes l'habitude de nous rencontrer dans son jardin. D'impénétrables buissons nous sépa-

raient du reste de l'univers et nous nous y sentions
comme Adam et Ève. Il n'y avait que nous et le ciel
par-dessus. Nous n'y faisions d'ailleurs rien de répré-
hensible : nous nous regardions mutuellement avec
tendresse, un baiser maladroit de temps en temps,
qui nous mettait d'ailleurs dans un état de grande
panique.

Un jour, j'y vins en avance, avec le projet d'apprendre l'octain que Lermontov avait écrit dans
l'album de madame A. N. Je voulais impressionner
Tania. Il m'avait suffi d'une quinzaine de minutes pour
que ma mémoire absorbe le poème, puis je me mis à
polir mes dons d'acteur. Hélas, le bon Dieu m'avait
été avare de talent déclamatoire et l'affaire avançait
avec difficulté. Mais je n'abandonnais pas.

Soudain, pendant que je récitais pour la centième
fois « Mais le cœur d'Émilie est comme la Bastille »,
j'entendis un fracas dans la maison de Sorokine.
L'émotion me pétrifia. Une pensée surgit : « C'est des
voleurs ou le NKVD; ou alors un ours. » La curiosité
fut plus forte que la peur. Mes jambes se dérobaient
sous moi pendant que j'approchais de la porte – elle
était ouverte. Je me glissai prudemment à l'intérieur
et soudain le souffle me manqua. Je fus plus surpris qu'effrayé : Vania-le-bossu, vêtu d'une chemise
blanche comme la neige, se balançait au bout d'une
corde sous la poutre de l'entrait. Il s'agitait encore,
s'efforçant de saisir le nœud.

Je tranchai la corde avec un couteau de cuisine.
Sorokine ne s'effondra pas, car les bouts de ses orteils

touchaient le plancher. Il chancela seulement, s'assit lourdement sur un banc et se mit à se masser la gorge et la nuque. Quand il revint à lui, il me regarda avec autant de reproche que de gratitude.

— C'est à cause de toi, finit-il par râler.

— Mais quel mal t'ai-je fait ?

— À cause de toi et de Tania. Je vous ai vus vous aimer. Alors, quand j'ai regardé ma propre vie, le désespoir m'a pris.

— Alors, pourquoi tu évites les gens ?

— Qui a besoin d'un bossu ? Dans le temps, j'aimais Natacha Koulikova, mais elle m'a ri au nez et s'est mariée avec un autre. Et aujourd'hui ce poème que tu n'arrêtes pas de répéter. Alors, quelque chose s'est cassé en moi. Dis, tu ne le raconteras à personne, hein ? C'est honteux de se pendre en pleine guerre.

— Non, je ne le dirai à personne. Seulement tu dois me promettre que tu ne le feras plus. Jure sur Dieu.

— Mais moi, je ne prie plus.

— Et une icône, est-ce que tu en as une ?

— Ma mère en avait une. C'est pour quoi faire ?

— Si tu ne jures pas sur l'icône, je ne te garantis pas le silence.

Vania devint pensif. Son visage retrouvait ses couleurs peu à peu. Il finit par se lever, il grommela quelque chose dans sa barbe et grimpa au grenier. Il revint peu après avec une image sainte. Il l'épousseta, la frotta avec un chiffon humide, puis l'accrocha au mur, dans un coin, là où l'icône avait probablement été accrochée jadis. J'insistai :

— Jure !

Il regarda l'icône un peu de travers et promit de ne plus jamais attenter à sa vie.

— Ça fait bien longtemps que je n'ai pas vu cette icône, murmura-t-il. Il me semble que la maison est devenue plus gaie. Et toi alors, tu crois en Dieu ?

— J'y crois.

— Moi aussi, dans le temps je priais. Et puis… Il y a trop de mal partout. Bien trop.

— Beauté m'a dit que ce sont seulement les hommes qui font le mal. L'homme. Celui qui cesse de prier cesse aussi d'aimer.

Pendant que je parlais, j'aperçus Tania par la fenêtre.

— Il faut maintenant que je parte. Si tu veux, je reviendrai te voir.

— Absolument ! Reviens. Je t'invite. Je te ferai une chapka de zibeline.

Le soir, j'annonçai à ma mère que Vania Sorokine était revenu de la taïga. Mais elle ne connaissait pas le bossu. Alors, je l'interrogeai sur Natacha Koulikova. Quand elle me dit la connaître, je lui expliquai que c'était de Natacha que Vania avait été amoureux.

— Pauvre fille ! Deux jours après son mariage on est venu emmener son mari et ça fait sept ans qu'elle ne sait pas ce qu'il est devenu. Il a été condamné à cinq ans de camp, sans droit de correspondance. La huitième année est déjà entamée, et elle n'a pas l'ombre d'une nouvelle de lui.

— Vania en est encore amoureux.

— Et toi, tu le sais comment ? Tu es entré dans son cœur ?

— Je le sais, maman, dis-je avec un geste de certitude. Mais il est très timide.

— Je vais la mettre au courant. Elle sera sûrement contente. Elle a l'air triste comme une âme en peine. Alors que l'amour est une chose capable de réveiller même une pierre, pas vrai ? (Et Beauté me fit un clin d'œil d'encouragement.)

C'est ainsi que le destin de Sorokine retrouva son chemin, que son nom se mit à peupler les paroles des hommes et à éveiller des pensées humaines. Natacha Koulikova fut contente de ce qu'elle apprit par la bouche de Beauté. Il ne fallut que quelques jours pour que le souvenir de Vania, épousseté et accepté, s'installe de nouveau dans la mémoire de son élue de naguère. Toutefois elle ne parvenait pas à se défaire de quelques scrupules. Tracassée, elle finit par demander à ma mère :

— Aide-moi. Je ne sais pas comment faire. Je plains Vania, mais que devient mon mari ? Est-ce qu'il est encore vivant ou non ? (Et elle éclata en sanglots.)

— Va voir le NKVD. Eux, ils peuvent te dire où est ton mari. Eux seuls, personne d'autre.

Surmontant sa crainte, Natacha y alla.

— Tu en as assez d'attendre ? Tu voudrais peut-être te remarier ? demanda avec ironie l'homme du NKVD.

Koulikova rougit, baissa la tête. Il poussa vers elle un bout de papier à signer.

— Tu peux disposer. Quand nous apprendrons quelque chose, on te fera signe.

Un mois plus tard, on informa Koulikova que son mari ne figurait plus sur les listes des prisonniers. Et quand Natacha, indécise, baissa la tête, on la renvoya avec la même formule : « Tu peux disposer. »

Elle ne pouvait retenir ses larmes. Toute une semaine elles ruisselèrent comme la pluie du déluge, elle en ressemblait à une ondine qui aurait décidé de vivre sur la terre ferme. Et puis elle s'apaisa. Elle se remit à arroser les fleurs, à broder, à rêver. Et aussi à sourire. Elle vint de nouveau voir ma mère. Toutes deux, elles chuchotèrent longtemps et, après cette visite, je fus mandaté pour informer Vania que sa déclaration indirecte avait été acceptée. Sans tarder, je m'habillai et partis. Vania était étendu dans son jardin, les bras sous la tête, et fixait le ciel violet et effroyablement vide.

— Enfin, te voici ! (Il y avait du reproche dans la voix de Sorokine.) Je n'en pouvais plus de t'attendre. Je cherchais le poème que tu récitais, tu te souviens ?

Il me tendit un volume très fatigué de poèmes de Pouchkine.

— Tu ne pouvais pas le trouver là, répondis-je, un peu solennel. C'est un poème de Lermontov. Et maintenant, écoute-moi bien, Vania, car c'est un autre poème que je suis venu te réciter : Natacha est d'accord pour devenir ta femme.

Je m'assis à côté de lui, sans le quitter des yeux. Il me fixait comme une apparition de l'autre monde. Il s'agita, se mit à se tordre les doigts et à se mordre les lèvres.

– Je vais te faire une chapka de zibeline. Parole d'honneur. Mais maintenant… Je ne sais pas quoi faire… Petia, au secours !

– Ce soir, il te faut aller chez Natacha. C'est tout.

– Je n'irai pas tout seul, répliqua-t-il aussitôt. Je ne sais pas… À moins que tu viennes avec moi ?

– Ça ne pourrait pas être quelqu'un d'autre ?

– Non, il faut que tu viennes. Avec toi je n'ai pas honte.

Et ainsi nous y allâmes. La boue faisait floc floc sous nos pas quand nous tournâmes dans l'impasse. Les lampions chinois des étoiles du soir pendaient bas sur l'horizon. Je sentais nettement la solennité du moment qui approchait.

La surface mal rabotée de la table était couverte d'une nappe blanche. Un pain y reposait, et à côté de la miche, un chandelier de laiton à trois branches, qui avait dû orner jadis la maison de quelque riche marchand ou d'un général. C'est à côté de ce chandelier que Sorokine posa la bouteille de vodka, obturée par un bouchon de papier journal. Ma mère fit un sourire à Natacha et distribua les verres. Moi, on m'offrit du thé. Et lorsque à la fin les langues se délièrent, Beauté et moi nous rentrâmes chez nous.

Hélas, le bonheur de Vania ne dura guère. À peine eut-il le temps de comprendre mieux le langage des cœurs que revint le mari de Natacha. À la Kolyma, on l'avait versé dans la catégorie des invalides, et on l'avait renvoyé sur le continent – son absence de la liste des prisonniers s'expliquait ainsi. La gangrène avait attaqué ses membres gelés, et on l'avait amputé du pied gauche et de la jambe droite au genou. Il avait perdu aussi la main droite.

Micha, le mari de Natacha, ne manifesta aucune colère en découvrant ce qui était à découvrir. Il accueillit la chose avec un calme de stoïcien. Il paraissait être au-dessus de tout cela. Il se réjouissait d'être libre, d'un peu de pain, d'un peu de chaleur.

Natacha fut la plus atteinte par cette nouvelle situation. Le choix lui appartenait. C'était bien elle qui, en ignorance de cause, avait signé le papier tendu par l'homme du NKVD et qui annulait son mariage avec Micha. Elle aimait Micha et elle s'était mise à aimer aussi Vania. Elle était incapable de renoncer à aucun des deux. Mais son cœur ne l'autorisait pas à avoir deux maris.

Vania souffrait de voir souffrir Natacha. Au moment même où le bonheur paraissait à portée de main, tous ses espoirs s'écroulaient. Il décida de partir. En rentrant de l'école, je le trouvai à côté de notre maison. Il était assis, vêtu de sa vieille veste ouatinée, son fusil à l'épaule. Des rides profondes marquaient son visage.

— Où vas-tu ainsi ? demandai-je, comprenant tout de suite l'affaire. Peut-être que…

— Ne dis rien, Petia. Ce sera mieux ainsi.

Je m'assis à côté de Vania. Il se taisait, je me taisais aussi, tentant de maîtriser le désordre de mon esprit. Après un long moment il se leva, sortit de son sac en toile une chapka en zibeline et me la mit sur la tête.

— Un poète, ça doit porter de la zibeline… (Sa voix tremblait.) Porte-toi bien. Je n'oublie pas l'icône, sois-en sûr. Et si jamais quelqu'un me cherche, je serai du côté de la ravine aux ours, ajouta-t-il avec un pâle sourire.

Lorsque je sortis de ma stupeur, Vania Sorokine avait déjà disparu. La taïga l'avait englouti.

L'école buissonnière

Devant le portillon de l'école, Kolia Dovjenko me barra le chemin. C'était à Kolia que j'avais fait cadeau de mon tricot de marin, à ce garçon qui ne voulait pas renier ses parents et les proclamer ennemis du peuple. Et moins que jamais après leur mort. Il affirmait invariablement que son père avait été cardiologue, sa mère sage-femme, et qu'ils ne pouvaient donc être des ennemis des gens, qu'au contraire ils les avaient toujours servis. Son entêtement mettait les éducateurs en rage. Ils ne le laissaient pas en paix, le menaçaient sans cesse de l'envoyer là où avaient fini ses parents. À quoi il répondait qu'on n'allait pas au goulag parce qu'on était coupable, mais parce qu'on était citoyen de l'Union soviétique. J'avais beaucoup de respect pour l'attitude de Kolia. J'avais même proposé à ma mère de l'adopter, mais l'orphelinat s'y était catégoriquement opposé, soulignant que Kolia était un enfant trop difficile, qui avait besoin d'une tutelle pédagogique professionnelle.

— Les prisonniers du camp sans nom sont en train d'abattre la taïga en contrebas… On y va ? On les interrogera sur nos pères, me dit-il à voix basse, alors qu'il n'y avait personne autour de nous.

— Il est sûr, ton tuyau ?

— Je ne parle pas en l'air. Ça fait trois jours qu'ils sont de ce côté-ci du fleuve.

— On peut emmener Tania ? Son père est mort sur le front.

— Comme tu voudras.

Nous attendîmes Tania derrière le tournant. Je lui expliquai le secret de notre expédition. Elle en rougit d'émotion. Nous dissimulâmes nos affaires scolaires dans le jardin de Vania-le-bossu et partîmes vers l'aval du fleuve.

— Et si nous tombons sur un ours, qu'est-ce qu'on va faire ? demanda Tania non sans inquiétude.

— Eh bien, on le mangera ! répliqua Kolia.

Nous allions à la queue leu leu, Kolia en tête ; nous avions du mal à suivre son rythme. Tania marchait sur mes talons. Au bout d'une heure, on entendit des coups de hache. Dovjenko s'arrêta.

— Attendez-moi ici. Je pars en reconnaissance.

Il revint plus vite qu'on aurait pu l'imaginer, nous fit signe :

— Le chemin est libre.

Nous progressâmes quelque temps courbés, avant de ramper derrière le tronc d'un cèdre abattu. D'un mouvement discret de la tête Kolia indiqua le garde. Assis auprès d'un feu, son fusil sur les genoux, il jetait des regards de droite et de gauche. Nous reculâmes un peu pour ne pas trahir notre cachette. D'ailleurs on voyait aussi bien de notre nouveau poste d'observation : les prisonniers étaient nombreux, une vingtaine. Ils étaient d'âges divers, mais leurs visages amaigris et las se fondaient dans la grisaille de leurs vêtements au point qu'on avait du mal à les distinguer les uns des autres.

— Voilà à quoi ressemblent nos pères, chuchota Kolia. Et nos mères aussi.

Il se tourna vers Tania :

— La tienne aussi, sauf qu'elle porte des robes multicolores. Mais tout le monde est surveillé. Peut-être pas de façon aussi flagrante. Nous, c'est pareil. On est tous comme dans un camp.

— Moi, je suis libre, répliqua Tania en colère. Et ma maman aussi.

— En Russie, il n'y a que les oiseaux de libres, lança Kolia en regardant droit devant lui.

— Tu es injuste parce que tes parents sont au goulag, murmura Tania, les larmes dans les yeux, et elle le pinça de toutes ses forces.

— Mon grand-père, ils l'ont fusillé aussi. Il était pope. Moi aussi, ils me règleront mon compte un jour. Et le tien aussi, répondit Dovjenko froidement. À moins que tu te mettes à dénoncer. Ou tu vas au goulag ou tu dénonces. Il n'y a pas d'autre choix.

— Tu mens ! (Avec son mouchoir Tania cacha son visage en larmes.)

Kolia en fut encore grandi à mes yeux. Je ne m'étais pas douté qu'il réagissait à notre réalité comme moi. Et qu'il ne craignait pas de parler simplement de ce qu'il voyait, en dépit des persécutions incessantes des sbires de Staline qui, dans leur zèle sadique, étaient

capables de couvrir de boue tout ce qui était vrai et
sacré. Ma grand-mère me l'avait dit, et aussi Beauté,
qui affirmait que l'homme libre était, mis à part Dieu,
la vérité la plus grande.

Justement, un échantillon de cette vérité, portant
un numéro cousu sur son pantalon, s'approcha du
cèdre abattu pour ébrancher le tronc. Nous nous
figeâmes. Les yeux de Tania ressemblaient à deux
flambeaux. Elle regardait le prisonnier comme une
apparition venue d'ailleurs. Un squelette couvert
de haillons se tenait près de notre cachette. Tout
notre savoir n'était rien auprès de ce que savait cet
homme.

— Petit oncle ! murmura Kolia, et, comme l'autre
ne l'entendit pas, il le répéta un peu plus fort.

Le prisonnier tendit l'oreille ; Kolia sortit la tête de
notre abri. L'homme nous aperçut, acquiesça de la
tête et, tout en surveillant le garde, fit le tour du tronc
couché.

— Il n'y aurait pas parmi vous un Dovjenko,
Mikhaïl Piotrovitch ?

— Dovjenko ? Il doit y en avoir un. Mais je ne jure-
rai pas qu'il se prénomme Mikhaïl Piotrovitch.

— Fais-le venir.

— Impossible, il est resté au camp.

— Et demain, il viendra ici ?

— Il devrait. À moins qu'on le mette au cachot.

— Nous serons demain au même endroit. Rappelle-
toi, je suis Dovjenko, de Nikipol.

Je demandai à mon tour :

— Il y a des Polonais dans votre camp ?

– Non, il n'y en a pas. Juste des Ukrainiens, des Russes et des Allemands. Il me faut y retourner, le garde surveille. Apportez du tabac. Et, si possible, du pain. N'importe quoi…

Sur le chemin du retour, nous décidâmes qu'avec ou sans le tabac, avec du pain ou les mains vides, nous allions revenir le lendemain. Mais nous n'y allâmes pas. Pourtant, j'avais déniché un paquet de tabac et Tania avait volé à sa mère deux poignées de kacha. Nous n'y allâmes pas, parce que Kolia ne vint pas à l'école. Les gars de l'orphelinat nous dirent qu'après le déjeuner il avait été convoqué chez l'éducateur. Et que durant la nuit, à trois reprises, on l'avait fait se lever.

– Il s'est acharné sur Dovjenko toute la nuit, murmura Tolia Borisov, le fils de l'acteur, très excité, en regardant nerveusement tout autour de lui. Il lui a poché un œil. Et Kolia en réponse lui a craché dans la figure. C'est du moins ce qu'il nous a dit. Jusqu'au matin nous n'avons pas dormi.

– C'était pour quoi ? demandai-je en pensant à l'école buissonnière de la veille.

– C'était comme d'habitude, pour qu'il signe.

Cependant Kolia réapparut le lendemain. De loin il nous fit des signes de la main. Son œil était gonflé et saignait. N'ayant pas la patience d'attendre Tania, nous nous dirigeâmes vers sa maison. Elle sortit à notre rencontre : elle n'allait pas venir avec nous, et elle ne voulait pas dire pourquoi. Toutefois elle nous confia sa kacha.

– Tu as vendu la mèche ?

Kolia était plein de méfiance. Elle nia violemment, mais il insista :

— On n'est pas obligés de te croire, tu mens peut-être.

— Je ne mens pas ! (Elle se fit dure et vindicative.) Je ne peux pas aller avec vous, parce que… parce que je me mettrais à haïr ma mère. Elle est communiste. Il y a un portrait de Staline au-dessus de son lit.

— Bien, dit Kolia. Continue donc à mentir et à aimer ceux du NKVD. Nous, on y va.

Dans la taïga, la situation avait changé. Les arbres autour de notre cachette avaient été abattus et rangés pour le stérage. La coupe s'était déplacée vers l'aval et il nous fallait nous glisser sans nous faire voir le long de la rive ; des marécages s'étendaient de l'autre côté. Cela nous prit du temps. Trouver un prisonnier relativement isolé fut encore plus long. Nous rampâmes si près de lui qu'en nous apercevant il en ouvrit la bouche d'étonnement.

— Appelle Dovjenko, demanda Kolia, un doigt sur ses lèvres. Je suis son fils. Tu auras un paquet de tabac.

— Et du pain, vous n'auriez pas du pain ?

— Non, mais de la kacha.

— Donne !

— Quand tu l'auras, tu oublieras d'être prudent ! Je suis un gars d'orphelinat, on ne me la fait pas ! Va chercher Dovjenko.

Il hocha la tête et s'éloigna, guettant sans cesse du côté du garde. Bientôt nous le perdîmes de vue, il devint une des silhouettes grises de la clairière.

Le temps s'écoulait. Nous réfléchissions déjà à la façon de contacter un autre prisonnier lorsque notre envoyé surgit comme un fantôme, une hache dans la main.

— File le tabac, murmura-t-il.

— Et où est Dovjenko ?

— Il ne va pas tarder. Si tu ne donnes pas le tabac, je vais lui dire que tu es déjà parti.

Il accueillit avec un sourire de gratitude le paquet lancé subrepticement. L'instant d'après, un homme d'une trentaine d'années apparut devant nous. Son visage, déjà ridé, s'ornait de grands yeux bleus. Ces yeux étonnants nous interrogèrent.

— Tu es Dovjenko ? demanda Kolia avec espoir.

— Oui. Et toi, tu es qui ?

— Dovjenko aussi. Je viens de Nikipol. Et toi ?

— Moi, je suis de Kiev.

— Tu as des enfants ?

— J'avais une fille. Et un fils… Oui, j'avais des enfants, répéta-t-il lourdement, les yeux dans le ciel.

— Alors, sois mon père ! lança follement Kolia.

L'autre frissonna, nous regarda de ses yeux tristes et se mit à réfléchir.

— Ne réfléchis pas, chuchota Kolia. On n'a pas le temps. La première idée est la meilleure.

— Je ne te conviens pas, répondit l'autre en hésitant. Et d'une. Et puis, à quoi te servirait d'avoir un père comme moi ? un bagnard ? Tout le monde m'a renié, sauf maman !

— Et moi, je n'ai même plus de maman. Je pourrais être ton fils illégitime…

— Je ne suis même plus capable d'être un père.
(Il baissa la tête pour que nous ne puissions voir ses
larmes.) Pardonne-moi, il ne faut pas m'en vouloir.

Il termina sa phrase dans un murmure. Et sans
lever la tête il s'éloigna.

Et puis, alors qu'il était déjà loin, il s'arrêta, resta
immobile, puis se tourna de notre côté.

— Kolia, mon fils ! cria-t-il et il s'élança vers nous.

Kolia se releva et courut à sa rencontre. Ils s'enla-
cèrent. Pendant qu'ils étaient là, immobiles, j'entendis
un coup de feu. Et un autre tout de suite après. Kolia
et son nouveau père s'écroulèrent. Oubliant tout, je
courus vers eux. Kolia était allongé sur le dos, du
sang coulait de sa bouche. Je m'agenouillai.

— Ils m'ont encore tué mon père. (Son murmure
était à peine perceptible.) Mais toi, ne te laisse pas
abattre !

Il bougea, comme s'il voulait se redresser, et il
s'immobilisa. J'enlevai ma casquette.

— Et toi, tu sors d'où ?

Ce n'est qu'au bout d'un moment que je sentis le
garde me secouer l'épaule.

Je ne répondis rien. Je me retournai et, les jambes
raides, je traversai le chantier en contournant les prisonniers et partis vers notre lointaine bourgade.

Une tombe à l'européenne

Sur le chemin de notre bourgade, je compris soudain que Kolia allait être enterré dans la taïga, à côté du camp sans nom. Il n'aurait pas de tombe, on allait l'enfouir dans la terre comme on cache quelque chose de gênant, quelque chose à ne pas conserver dans les mémoires. C'est ainsi qu'on enterrait les prisonniers du goulag, c'est ainsi que dut être enseveli mon père. Et je sentis une grande honte, en plus de ma grande douleur.

J'avais déjà assisté à des enterrements, mais ces cérémonies pour la plupart avaient été silencieuses et hâtives ; elles n'avaient guère de commun avec celles de jadis, dont j'avais entendu parler. C'est-à-dire des funérailles dignes, ainsi qu'il convenait pour enterrer tous les humains, plus particulièrement ceux qui avaient vécu dans la vérité, comme l'avait fait à sa manière Kolia Dovjenko, ou simplement des êtres bons. Il m'apparut clairement qu'en cette circonstance aussi nous devions être différents des bolcheviques, qui savaient tuer mais étaient incapables d'enterrer leurs victimes à la façon des humains. Sans doute par peur.

Cette honte, mêlée au remords, me fit prendre directement le chemin de l'hôpital, vers ma mère. Je lui relatai tout le drame, sans rien dissimuler. Puis je lui demandai de tout faire pour que Kolia et son nouveau père fussent enterrés dans notre cimetière. Nous leur devions bien cela.

Ma mère éclata en sanglots. Nous nous enlaçâmes très fort, et restâmes ainsi un long moment. Je sentis qu'elle voulait dire quelque chose et cependant elle se retenait. Elle serra plus fort ma tête sur sa poitrine, comme pour me cacher sous son cœur, à l'abri des regards. Puis elle se reprit aussi soudainement qu'elle avait éclaté en sanglots.

— Ce n'est pas le moment de pleurer, dit-elle d'une voix qui tremblait encore. Retourne à la maison. Je vais m'en occuper.

Je repartis, plongé dans mes pensées, et sur mon chemin je fis un crochet par la maison du grand-père Evtouchenko. Il avait plus de quatre-vingts printemps et depuis dix ans il s'était préparé un cercueil dans lequel il couchait parfois, surtout après une libation. Je savais qu'en plus de celui-ci, ciselé et fignolé, il en possédait encore d'autres, qui lui avaient servi à se faire la main pour la pièce qui trônait à la place d'honneur.

Le vieux plongea ses doigts dans les boucles argentées de sa barbe et me demanda pourquoi je n'étais pas allé là où allaient tous les autres, chez Fiodorov, le menuisier funéraire.

— Parce que je veux les enterrer dans des cercueils faits avec du cœur, lançai-je cette réponse préparée à l'avance.

— Tu dis vrai. Il y a de mon cœur là-dedans, répondit-il avec solennité. Dans un monde inhumain, le cercueil au moins doit être humain. C'est pourquoi je me suis sculpté mon lit éternel. Toi, tu respectes les morts, alors je te les offre de bon cœur.

Cependant, seul le corps de Kolia nous fut rendu. Toutes les prières, y compris celles de Beauté, n'y purent rien.

— Il n'a pas terminé sa peine, il reste donc un prisonnier, énonça avec autorité le chef du camp. La mort n'annule pas la sentence, il sera par conséquent enterré comme tous les prisonniers. C'est le règlement.

Était-ce bien le règlement ? Qui aurait pu connaître jusqu'au bout la juridiction soviétique ? Personne. Le zèle soviétique atteignait à cette époque son apogée dans tous les domaines. Moi, je ne pouvais pas m'y faire. Le médecin, Mikhaïl Mikhaïlovitch Hercen, s'aperçut de mon désarroi et me chuchota à l'oreille que de toute façon, nous étions de sacrés veinards. Nous avions réussi l'impossible : enterrer une victime innocente dans un cimetière public, la préservant ainsi de la fosse barbare des prisons.

Au moment où le cercueil descendit dans la tombe, je me fis à moi-même un serment : j'offrirai à Kolia un monument, comme il y en a en Europe. Je ne me souvenais plus de l'Europe, je n'avais aucune idée de l'apparence d'une tombe humaine dans un pays humain, par conséquent je ne me rendis pas compte du poids de mon engagement.

Une fois de plus, je me tournai vers ma mère pour demander conseil. Beauté, qui voyait combien j'étais

bouleversé par la mort de Kolia, me dit que le rituel juif
imposait de déchirer ses vêtements en signe de deuil.
Lorsque je le fis, elle m'annonça que j'étais désormais
un *avel*, un endeuillé. Et elle se mit à m'apprendre la
prière appelée kaddish, que je devais réciter durant
trente jours. Quand je sus la dire sans hésitation, de
manière fluide et solennelle, comme un authentique
cohen[1], alors seulement elle m'expliqua à quoi pouvait
ressembler un enterrement digne. Et elle me dessina
même quelques pierres tombales juives et chrétiennes
d'après ses souvenirs des cimetières de Lvov.

À l'entendre, je compris à quel point la construction d'un monument, même le plus modeste, dépassait
mes possibilités et mes forces. Toutefois on ne peut
ni annuler un serment ni ôter la culpabilité. Serrant
les dents, je me mis en quête des matériaux. L'affaire
n'avançait pas, d'autant que je m'étais mis en tête du
marbre ou du grès. Si le sort n'avait pas eu pitié de
moi, tous mes efforts seraient restés vains et la tombe
de Kolia n'aurait pas été très différente des autres
tombes. Et puis soudain Chalamaïev, un des hommes
du NKVD local, m'offrit une aide inattendue.

Je commençai par le remercier poliment, flairant
quelque saloperie. Il dut comprendre la cause de mon
refus car, sans même me demander la discrétion, il
m'expliqua la cause de sa proposition. Il avait été lui-
même élevé dans un orphelinat, tout comme Kolia
Dovjenko. Il ne se souvenait pas de ses parents et
ignorait comment ils avaient quitté ce monde. Les cir-

---

1. Prêtre, dans l'ancien Israël.

constances de la mort de Kolia l'avaient ému au point qu'il s'était soûlé à mort. Ivre, il s'était mis à maudire les temps où il lui fallait vivre. Comme il avait bu en compagnie de sa femme, qui était la secrétaire de Dourov, le plénipotentiaire du NKVD, il s'attendait à être dénoncé un jour ou l'autre.

— Ce n'est qu'une question de temps, elle est communiste. Elle serait capable de dénoncer ses propres gosses, alors son mari… Je connais ces gens-là. J'en suis un moi-même.

— Tu as peur ? Toi, tu as peur ? demandai-je, étonné.

— Ce n'est pas de la peur, c'est de l'effroi. Je suis effrayé par ma propre vie. Je n'ai tué personne, mais j'ai torturé, j'ai condamné. Il ne me reste rien. C'est le vide. Tu comprends ? Et je suis moi-même mortel.

— Le mortel doit créer, car il a été créé lui-même. (Je répétai les paroles de Beauté sans trop savoir ce que je disais au juste. Je ne voulais pas qu'il se sente blessé.)

— Moi, au contraire, je n'ai rien créé, je n'ai fait que détruire. Je ne suis capable de rien reconstruire, de rien rendre, ni même de relever ce que j'ai piétiné. Parce que cela n'existe plus. À présent je suis mon propre ennemi, je suis un enfer pour moi-même. Je me fais peur. Tu ne peux pas savoir ce que c'est que de manger et puis de digérer du cadavre. Est-ce que j'ai encore seulement le droit de vivre ?

— Ce n'est pas toi qui t'as donné la vie.

— Je le sais. On ne peut rien se donner à soi-même. On ne peut donner qu'aux autres. Et moi, qu'est-ce

que je peux attendre des autres, moi qui leur brisais
les dents et les côtes, qui les privais de sommeil, de
chaleur, de pain ?

— Je ne sais pas pourquoi tu me racontes tout ça.
Mais il y a un Dieu. Il voit tout. Et parfois, Il pardonne. Si seulement…

— Dieu, je n'y crois pas. Je ne suis plus capable d'y
croire.

— Mais alors, de quoi as-tu peur ? (Ma curiosité tré-
pignait.)

— Je te l'ai déjà dit, je n'ai pas peur. Seulement,
voici que je me dégoûte moi-même. Je ne sais pas
comment c'est arrivé, ni quand. Je sais seulement
qu'il n'y a rien derrière moi, ni rien devant. Je suis
comme brûlé de l'intérieur. Vide. Peut-être es-tu
capable de me comprendre, et peut-être pas. J'ai mal
là. (Il acheva sa brusque confession en se touchant la
poitrine.)

Et, à raison ou à tort, mon cœur lui donna l'abso-
lution. Nous conclûmes une alliance. On nous voyait
de plus en plus souvent ensemble. Notre Cap me
demanda des explications car la collaboration avec le
NKVD était considérée dans notre bande comme une
trahison. Je racontai aux gars les cimetières et les
monuments d'Europe, ma promesse faite à Kolia lors
de son enterrement, les remords de Chalamaïev. Ils
se laissèrent convaincre, et offrirent même leur aide.
Kim, le Coréen, se frotta les mains de joie. Il dit, avec
quelque emphase :

— Eux, ils ne construisent des monuments que pour
quelques élus. Nous, nous en ferons pour chaque

homme. Parce qu'il a vécu, souffert, qu'il a su vivre en être humain.

Au bout de quelques jours les gars s'habituèrent à Chalamaïev. Lui-même se mettait en quatre pour trouver des matériaux. Le feu de ses yeux témoignait de son état d'esprit. Comme s'il sentait que le temps lui était compté. Nous ne nous parlions presque pas.

Le jour tant attendu vint enfin. Chalamaïev apporta du grès, taillé selon les dimensions requises, et du marbre rose. Nous déposâmes les dalles dans un coin du cimetière, les recouvrîmes d'herbe sèche et de branches. Mon complice s'étendit sur le dos, les bras croisés sous sa tête et se mit à contempler les étoiles qui surgissaient de place en place.

– J'ai réussi à temps. Quel soulagement ! (Il soupira.) Tout est prêt. Maintenant, même si on devait m'emmener, vous y arriveriez tout seuls.

– Dis-moi, où as-tu trouvé de telles merveilles ? demandai-je, plein d'admiration.

– À Taguil. On allait y construire la maison du Parti. Tous les matériaux avaient été approvisionnés, mais la guerre a éclaté et la construction a été interrompue, me répondit-il d'une voix blanche. Puis, sans détacher ses yeux du ciel, il enchaîna : Est-ce que je dois me laisser condamner à dix ans de camp ou bien dois-je en finir moi-même avec la vie ? Je sens que le terme approche. Et tu sais comment je le sens ? Parce que ma femme est devenue trop tendre, carrément angélique. C'est comme ça qu'elle est avant et après chaque grande saloperie. Et donc, ou bien elle a déjà fait le nécessaire, ou bien elle est sur le point de me dénoncer.

— C'est pas sûr, tout de même, tentai-je de le consoler.

— Ce n'est pas une question que je pose, Petia, je pense à haute voix. J'ai peur des camps. Dans l'enfer, la souffrance ne purifie pas ; au contraire, elle rend fou.

— Comment sais-tu tout ça ?

— Ce cimetière m'a aidé. Il guérit aussi bien les vivants que les morts. Si tu savais combien à présent j'ai envie de vivre ! J'ai prié pour que ton Dieu m'ôte la mémoire. Parce que avec un passé comme le mien tous les chemins sont fermés, celui de la joie comme celui des larmes… Mais bon, ça suffit. Rentre chez toi. Toi, tu as quelqu'un qui t'attend. Et moi, je vais encore regarder un peu le ciel.

Pas de doute, Chalamaïev était en train de devenir un bienheureux. Je le racontai à ma mère. La nouvelle lui fit plaisir. Mais quand on dit « a », il faut dire aussi « b », et je lui racontai tout le reste. Beauté n'eut pas un instant d'hésitation, elle prit sur-le-champ son châle et alla voir la femme de Chalamaïev.

— Je vais la supplier à genoux, dit-elle en partant. Après tout, ils ont des enfants. C'est une femme, elle doit avoir un cœur.

Je m'endormis sans attendre le retour de ma mère. Et le lendemain matin nous n'eûmes guère le temps de converser. Beauté dit seulement que le danger était conjuré.

Je partis pour l'école comme sur un nuage. Après les classes, toute la bande se rendit au cimetière. Et nous vîmes une chose inouïe : une tombe humaine, comme celle de nos ancêtres. Passé le premier étonnement, nous sautâmes au cou de Chalamaïev qui se tenait à côté, comme une garde d'honneur. Il se mordit les lèvres, des larmes brillèrent au coin de ses yeux.

J'envoyai les gars chercher le grand-père Evtouchenko, la grand-mère Raïssa, celle qui chantait sans cesse le même cinquantième psaume de David, et tante Frosia. On vit arriver aussi le Géorgien Tabidze, un vieillard de quatre-vingt-dix ans, que les adultes évitaient de loin car il maudissait Staline à haute voix. Et Sachka-sans-jambes se traîna aussi à la force de ses bras.

— Maintenant on peut mourir sans peur, murmura le grand-père Evtouchenko ému, après avoir fait plusieurs fois le tour de la tombe pour s'en remplir les yeux. Je sais désormais qu'on peut vivre dans un cimetière, même après la mort. Dis, Petia, tu me feras une tombe comme celle-ci ?

— Oui, nous te la ferons, mais pour l'instant tu n'as qu'à continuer de vivre, répondis-je.

Et en même temps je suivis du coin de l'œil la femme de Chalamaïev qui approchait. Elle me regarda avec dureté et se dirigea vers son mari. Un grand froid m'envahit. Or j'avais appris à ne pas négliger ces signes intérieurs ; par conséquent, le plus déluré de notre compagnie, l'Estonien Eric, fut envoyé en reconnaissance. Il revint au bout de dix minutes avec

la nouvelle : le « corbeau noir », la voiture du NKVD de
Taguil, était arrêtée devant leur maison. Je m'approchai de la femme de Chalamaïev :

— Tu as pourtant promis, tu as assuré Beauté que
tu ne le ferais pas !

— Je n'ai rien promis du tout. Fiche-moi la paix,
morveux ! (Elle haussa les épaules.) Viens à la maison,
Serioja !

— Disons-nous adieu, Serioja, dis-je. On t'attend
déjà là-bas.

— Au revoir, Petia, dit-il doucement en m'embrassant.

Et il se traîna à la suite de sa femme, les lèvres serrées.

La prière

Une nuit, on vint arrêter les parents de Kim. Nous ne fûmes pas surpris par le fait qu'on arrêtait quelqu'un, en revanche l'identité des arrêtés nous étonna : jamais nous n'aurions imaginé que ses parents étaient dans le collimateur. Kim, lui, n'en fut pas surpris. Il affirma même que c'était inévitable : les Soviétiques ne pardonnent pas aux enfants les fautes de leurs pères, or le grand-père de Kim avait servi dans la division de cavalerie asiatique du sanguinaire baron Unger[1].

— Les communistes ne savent rien pardonner parce qu'ils ont aboli la prière de la vie. Celui qui renonce à la prière ne peut que détruire, profaner la vie. Mon père me l'a souvent répété, et moi, je crois ce que me disait mon père.

Kim allait peut-être ajouter autre chose, mais il se tut et s'immobilisa, comme un moine au repos dans une gravure chinoise.

---

1. Le baron Unger, surnommé « le Baron sanglant », combattit les communistes en Extrême-Orient durant la guerre civile ; rendu tristement célèbre par la terreur qu'il fit régner dans les régions sous sa domination, il finit par être vaincu et se réfugia à l'étranger.

Nous nous taisions aussi. Cernés par une aura infernale, nous ne pouvions guère aider Kim. Les tenailles soviétiques arrachaient régulièrement l'un d'entre nous. Nous ne possédions rien hormis notre incertitude ; pourtant, en dépit de l'adversité, nous nous soutenions, nous nous donnions du courage les uns aux autres. Je proposai donc à Kim de venir habiter chez nous.

Mais ce n'était là qu'un vœu pieux. Kim fut envoyé à l'orphelinat, et toutes les démarches de ma mère restèrent vaines. Cependant Kim, le minuscule Kim, annonça d'un ton ferme au directeur de l'orphelinat qu'il allait vivre là où il était désiré et non là où on l'envoyait d'office, et il déménagea chez nous. Bref, il ne fit aucun cas d'un ordre muni d'un tampon soviétique.

À cette nouvelle Kostrov, l'éducateur à qui Kim avait été confié, fit sortir Kim de la classe lors de la dernière leçon et le traîna à l'orphelinat, en recommandant à ses affidés de ne pas quitter des yeux le fugueur. Et cependant, une semaine plus tard, Kim réussit à tromper la vigilance de ses gardiens et réapparut dans notre maison. Il était si fier de son exploit que sa joie fut contagieuse. En son honneur, Beauté fit des blinis. Nous allions justement nous jeter sur la nourriture quand Kostrov entra dans la pièce.

— Bien, Kim, ça suffit, on rentre à la maison, dit-il d'une voix basse, froide et impérieuse.

— Il n'en est pas question, se rebiffa Kim. Je suis très bien ici. Tu peux faire n'importe quoi, je ne serai pas ton prisonnier.

Kostrov regarda ma mère d'un œil mauvais et sortit sans rien dire. Dès le lendemain, mon ami atterrit de nouveau à l'orphelinat. Il y était surveillé à longueur de journée et dehors Kostrov l'escortait en personne. Cependant la tournure prise par les événements ne semblait pas le briser. Bien au contraire, il clamait à haute voix que tôt ou tard il allait s'échapper, même si on entourait l'orphelinat de barbelés.

— On ne peut pas m'échapper, à moi ! assura Kostrov, rendu fou.

Mais Kim était en verve :

— Tu crois que, si tu me traînes quelque part, j'irai où tu veux ? Jamais de la vie je n'irai là-bas. Je vais de l'autre côté, je vais chez Beauté, qui m'aime, elle.

— Désormais, ton père, c'est Staline ! (L'éducateur fit une pause, posa son index sur la poitrine de Kim.) Et moi, je suis ton tuteur. Tu ne peux rien y changer. Compris ?

— Staline n'a pas couché avec ma mère ! (Kim ne se retenait plus.) Avec la tienne peut-être, mais pas avec la mienne ! Alors quoi, tu ne dis plus rien ?

— Oui, Staline est mon père, finit par balbutier Kostrov. Et il sera ton père à toi aussi. Mais tu vas payer ce blasphème !

— Je n'ai pas peur. (Kim haussa les épaules.) Tout au plus tu vas me massacrer. Mais tu ne pourras jamais me vaincre, parce que je sais prier…

Les escarmouches entre eux deux allaient s'intensifiant. Nous en étions réduits à accompagner Kim en bande tous les jours, malgré l'interdiction prononcée par le directeur de l'école. Mais, comme celui-ci n'aimait pas Kostrov, il ne mit pas son interdiction à exécution.

Nous écoutions les tirades iconoclastes du Coréen avec un mélange d'effroi et d'émerveillement. Ses paroles étaient nos paroles. Pourtant, nous ne perdions pas le sens des réalités. Ne serait-ce que parce que la faim et les poux l'interdisaient. Nous savions que Kim pouvait disparaître et qu'alors personne ne le retrouverait, pas même avec une lanterne. Seul le petit Kim ne partageait pas cette crainte et il continuait de tonner comme un prophète biblique, comme Élie contre Achab.

Un jour cependant, Kostrov cessa de réagir aux imprécations de son pupille. Cela fut soudain. Et ce silence, qui ne présageait rien de bon, nous fit peur. Beauté apprit entre-temps par des voies détournées que Kostrov avait le projet de se débarrasser de Kim en le faisant transférer plus loin vers le nord. Je l'en informai. Ses yeux d'Asiatique se firent encore plus étroits, leur noir flamboya davantage. Il s'y attendait probablement, il devait même guetter ce moment. Quoi qu'il en fût, alors que selon l'habitude nous l'accompagnions en groupe pour rentrer de l'école, il apostropha Kostrov avec un sourire railleur :

— Alors, tu te rends ? Je t'avais dit que tu ne pourrais pas m'avoir parce que je fais mes prières chaque jour. Et toi, tu ne voulais pas y croire.

— Cesse de délirer, répliqua l'autre.

— Alors, pourquoi me fais-tu transférer dans un autre orphelinat, hein ? Tu as la trouille, c'est tout ce que j'ai à te dire.

– Arrête ton délire, répéta l'éducateur.

– Tu as compris que, même si tu me tuais, j'aurais le
dessus. (Kim ne lâchait plus sa proie.) Tu es un grand
trouillard, comme ton prétendu père.

C'en était trop pour Kostrov. Avec un hurlement
d'ours blessé, il saisit Kim de ses grosses pattes et
le brandit au-dessus de sa tête. Mais il ne le jeta pas
à terre comme il en avait eu l'intention. Au dernier
moment il se reprit. Durant un moment il le tint en
l'air, avant de le reposer très lentement à terre. Il nous
balaya d'un regard furieux et s'éloigna, abandonnant
Kim.

Alors, notre Cap s'écria :

– C'est formidable ! Allons, pour fêter ça, on va
faire une partie de palette !

Pendant une semaine les choses s'arrangèrent au
mieux. Kostrov ne mettait pas le nez en dehors de
l'orphelinat et nous n'en étions pas malheureux. Les
devoirs faits, Kim nous récitait les sermons de Bouddha qu'il avait appris de son père. J'écoutais en retenant mon souffle, d'instinct je comparais ces paroles
avec celles de la Bible. Je constatai avec surprise que
l'enseignement de Bouddha différait peu de celui du
Christ. Kim et moi devînmes proches comme jamais
auparavant.

Huit jours après le dernier incident, Kostrov fit une
nouvelle apparition dans notre maison.

– Allons, Kim, dit-il d'un ton impérieux qu'il tenta
de teinter de douceur. Les vacances sont terminées.
Il est grand temps de rentrer à la maison. Tout a des
limites.

— Parce que ici je suis où ? (Malgré son courage, Kim sentit ses lèvres trembler.)

— C'est moi qui sais mieux où est ta vraie maison. Ici tu n'es qu'en visite. Rassemble tes affaires.

— Je n'irai pas. Maintenant, ma mère, c'est Beauté. Elle, elle est ma mère, et toi, tu veux seulement être un tuteur.

— Ma patience est à bout ! (Kostrov éleva le ton et saisit l'épaule du pauvre Kim pour le tirer de derrière l'armoire.)

C'est alors que Beauté entra dans la pièce. Ma mère comprit tout de suite la situation et ses yeux flamboyèrent de colère.

— Lâche-le, canaille ! Comment oses-tu toucher mes enfants ?

— Sa place est à l'orphelinat, aboya Kostrov tout en lâchant Kim. Il va vivre là-bas, et pas ici !

— Mais sais-tu seulement ce qu'est un enfant ? Sais-tu ce que vit une femme qui porte cette merveille sous son cœur durant neuf mois ? Sais-tu ce qu'il vit lui-même en devenant un être humain ? Et toi, qu'est-ce que tu en fais, des gosses ? Tu les obliges à renier leurs parents, tu leur apprends à dénoncer, tu leur arraches le cœur de la poitrine, bête sauvage ! Fous le camp d'ici ! Et ne reviens jamais, ou je t'ébouillante !

— Sa place est à l'orphelinat, répéta Kostrov avec un entêtement maniaque. Il n'est pas à toi. Tu as des documents ?

— Calme-toi, maman, demanda Kim. Je reviendrai demain.

Puis soudain il s'adressa à Kostrov.

– Mais toi, sache-le, les méchants esprits vont se saisir de toi. Ne l'oublie pas quand tu te couches pour dormir et ne l'oublie pas à ton réveil. Prends garde à chaque instant.

Ces paroles, prononcées avec gravité, presque solennellement, me firent frissonner moi-même. Kostrov, soudain pâli, quitta la maison. Beauté demanda alors :

– De quoi parles-tu, Kim ?

– Il a peur des esprits, maman. Je l'ai entendu les chasser, un jour qu'il était ivre. C'est son point faible.

– Oh ! oui, il peut bien avoir peur des morts. Il doit en avoir sur la conscience ! Tous, ils sont rongés par la peur. Mais ne crains rien, Kim. J'irai demain au NKVD, je te mendierai chez Dourov. Je ne t'abandonnerai pas à cette bête. Allons, les garçons, il faut prier.

Dieu entendit Beauté. Elle n'eut pas à aller supplier Dourov. Le lendemain Kostrov fut arrêté. Justement pour s'être prétendu fils de Staline. Staline pouvait être un père, mais pour les enfants seulement, pour les pionniers rouges. Aucun adulte n'avait le droit de se dire son fils ou sa fille. Kostrov n'était pas le seul à avoir oublié cette subtilité.

Cette tournure de l'affaire ne nous réjouit guère. L'arrêté n'allait sûrement pas épargner Kim et un jour viendrait où il finirait entre les mains du NKVD. Et cela pouvait arriver n'importe quand.

– Ne t'en fais pas. (Kim consolait Beauté.) Je supporterai tout. Et si je ne peux pas retourner chez toi, je demanderai qu'on m'envoie là où sont mes parents. Je vais prier pour cela.

– La bête n'a pas de cœur, murmura ma mère.
N'empêche, tu dois prier. Nous aussi, nous allons
prier pour que tu nous reviennes.

Les choses tournèrent autrement. Le lendemain,
Kim ne revint pas dormir à la maison. Nous nous
mîmes à sa recherche, sans résultat. Toute trace en
avait disparu. Nous gardâmes quelque temps l'espoir
qu'il s'était caché dans les parages, attendant que les
choses se tassent. Mais au fil des jours nous comprîmes
que les longues griffes de la bête soviétique avaient
atteint Kim plus tôt que nous ne l'avions imaginé.

L'amour

Le couple que formaient mes parents était mal assorti ; ils avaient été pétris chacun d'une pâte différente. Et pourtant, ma mère mit longtemps à se remettre de l'assassinat de mon père. Elle savait bien que la tristesse est messagère du malheur, elle faisait des efforts pour se reprendre, mais rien n'y faisait. Le cœur humain relève d'un monde différent, les lois qui le régissent ne sont pas des lois d'ici-bas et nul n'a le pouvoir d'apaiser un cœur qui ne veut s'apaiser de lui-même.

Quant à moi, la mort de mon père m'avait moins touché. Certes, j'avais éprouvé une impuissance désespérée, mais elle avait été de courte durée. Ma mère, elle, m'inquiétait. Allait-elle se laisser vaincre par la souffrance ? De toute notre famille il ne restait plus que nous deux pour témoigner de la vie. Finalement ma mère, après avoir pleuré tout son soûl, me surprit un matin par un sourire. Le printemps, qui en une semaine s'était mué en été, l'avait peut-être aidée à se sortir de son marasme psychique.

– C'est trop de larmes, s'ébroua-t-elle en quittant la fenêtre. Celui dont le Nom est béni ne nous a pas

créés pour la tristesse. Il faut vivre comme Dieu
l'ordonne, sinon c'est la mort.

Et nous nous mîmes à jouir de la vie, chacun de la
sienne. J'étais doublement heureux car j'étais amoureux. Personne ne le savait, pas même l'élue de mon
cœur, Tania Bielova. Je n'osais révéler mes sentiments par crainte des sarcasmes et des railleries. La
faim sentimentale le disputait à la faim tout court.
Je colmatais mon estomac avec de l'ail sauvage, des
oignons, des fleurs comestibles. Mais il fallait aussi
nourrir le cœur – l'amour criait famine.

Les sentiments m'avaient mis au pied du mur : il fallait annoncer la couleur. Il n'y avait pas d'issue. Et un
beau jour, poussé par un obscur impératif, je cousus
sur mon pull-over un cœur rouge découpé dans un
morceau de drap chipé à la nappe qui recouvrait la tri-
bune de notre centre culturel. Les gars remarquèrent
immédiatement ce symbole de l'amour. Ne sachant
comment se comporter, ils se turent provisoirement.
Les enseignants firent de même, tout au plus ils sou-
rirent discrètement. Seul le directeur de l'école le prit
mal. Mais je sentis que dans ce duel la classe serait de
mon côté.

– Pourquoi as-tu cousu un cœur sur ton pull au
lieu d'une étoile ? Qu'est-ce que c'est que cette anar-
chie ? On n'a le droit d'accrocher sur la poitrine que
des étoiles ou des médailles, jamais un cœur. Découds-
moi ça !

Je désobéis, avec la conscience que l'affaire risquait
de s'amplifier. C'est que je désirais retentissement et
pénitence. Le directeur, qui avait un passé de commis-

saire politique, n'oublia pas son ordre. Et lorsque à l'avant-dernier cours de la journée il aperçut le cœur rouge, sa mâchoire trembla.

— Espèce de petit pilsudskien ! attaqua-t-il immédiatement. Tu n'as pas entendu ce que j'ai dit ? Pourquoi ce cœur n'est-il pas encore décousu ?

— Je suis amoureux, répondis-je avec fermeté. Je ne le découdrai pas. J'ai le droit.

— Tu as droit de porter une étoile, pas un cœur, aboya-t-il, et il sortit de la classe. Il n'y reparut plus jusqu'à la fin du cours.

Pendant la récréation suivante, je fus convoqué dans le bureau du directeur. Dourov, le plénipotentiaire du NKVD, y était assis, allumant une cigarette au mégot de la précédente. Un instant plus tard, ma mère entra dans la pièce. Elle me jeta un regard interrogatif. Je haussai les épaules et montrai du regard le cœur cousu sur mon pull. Beauté devina immédiatement. Le directeur attaqua :

— Voici l'affaire. Je lui ai intimé l'ordre de découdre ce cœur, ordre auquel il s'est opposé. Il a déclaré de façon ostentatoire qu'il ne le ferait pas parce qu'il était amoureux. Des hommes meurent au front et lui, ici, il fait des caprices. Il faut lui apprendre à vivre.

— C'est moi qui ai cousu cette pièce, répliqua Beauté. On n'a plus le droit de raccommoder un pull ? Et est-ce qu'une pièce doit obligatoirement être carrée ? Un gosse qui a une mère ne doit pas se promener en haillons.

— Mais pourquoi rouge ?

— C'est que je n'avais pas de bleu marine.

– Alors, pourquoi est-ce qu'il ne l'a pas dit tout de suite, au lieu de prétendre qu'il portait ce cœur à cause d'un soi-disant amour ?

– Il a aussi le droit d'aimer. Et il a le droit d'en parler. L'amour ne doit pas être tenu au secret.

– Oui, certes, marmonna le directeur. Mais ici, c'est une école.

– Et l'école doit aussi enseigner l'amour ! La guerre va se terminer, nous allons recommencer à vivre comme des êtres humains.

Elle se tourna vers Dourov.

– Et toi, tu tolères de telles comédies… Comme si tu ne savais pas toi-même ce que c'est qu'un cœur. Honte à toi.

Dourov rougit et alluma une nouvelle cigarette. Puis il lança d'un ton ferme au directeur :

– Sors !

Et lorsque l'autre eut fermé la porte derrière lui, le maître de notre vie et de notre mort s'approcha de ma mère et murmura :

– Pardonne-moi ! Je suis venu ici juste pour te voir. Tu sais combien je t'aime. Épouse-moi, ça fait déjà assez longtemps que tu es veuve…

– Volodia (Beauté le regarda dans les yeux), tu sais parfaitement que c'est impossible. Tu as une femme, une communiste. Comprends-le, tu es un officier du NKVD, tu appartiens à Staline. Moi, j'appartiens à Dieu, auquel toi, tu ne crois pas, et de plus je suis juive. Volodia, comprends donc, je t'en prie.

Docile, Dourov se rassit sur sa chaise. L'éclat de ses yeux s'éteignit peu à peu, les traits du visage gagnèrent en dureté. Il ajouta d'une voix à peine audible :

— Ne me repousse pas…

Ma mère laissa sans réponse les dernières paroles du plénipotentiaire désespéré. Elle m'avait saisi par la main et entraîné vers la porte. Je la raccompagnai jusqu'à son hôpital, puis je revins solitaire à la maison. Mais je ne pouvais rester enfermé, tout me tombait des mains. J'avais dans les oreilles les aveux ardents de Dourov. J'avais du mal à retenir la vague de pitié qui montait en moi. Malgré tout, d'une certaine façon, j'avais de la peine pour cet homme. Mais surtout, j'avais pitié de ma mère. Son mari, mon père, avait été assassiné dans le camp par des gens qui ressemblaient à Dourov. Les paupières me brûlaient. L'intensité des sentiments contradictoires était insupportable. Je jaillis hors de la maison et laissai mes jambes me conduire vers Tania Bielova.

Je finis par la trouver au bord de la rivière. Elle était en train d'apprendre un poème. Je m'assis à côté d'elle et sa main se retrouva dans la mienne. Soudain, je me sentis heureux au point d'oublier le langage humain. Tania me jetait des coups d'œil derrière ses cils, mais n'enlevait pas sa main. Un long moment je ne pus vaincre ma timidité, mais à la fin des fins je me contraignis à mettre genou en terre devant Tania, tout en continuant à me taire.

— Tu veux être mon fiancé ? demanda l'élue de mon cœur. Et lorsque j'acquiesçai de la tête, elle m'embrassa, puis se leva brusquement et partit vers sa maison.

— Demain, en classe, il te faut déménager, tu vas t'asseoir à côté de moi ! (J'entendis de loin sa petite voix qui tremblait un peu.)

Je traînai sans but jusqu'au soir à l'orée de la taïga. Une heureuse légèreté me dilatait la poitrine. Je me sentais comme un glorieux guerrier revenant avec la victoire. Naturellement, l'éclat particulier de mes yeux ne put échapper à ma mère.

— Tu as découvert une île inconnue, n'est-ce pas ? devina-t-elle en m'embrassant le front.

— C'est ça, avouai-je, et je me rendis compte alors que les yeux de ma mère avaient eux aussi un éclat plus intense que d'habitude. Leur vert était plus profond, et évoquait la fraîcheur de l'herbe nouvelle couverte de rosée. On avait l'impression qu'un ange avait effleuré son visage.

— Aurais-tu, de ton côté, découvert… une île ? demandai-je en écho.

Lorsqu'elle acquiesça d'un mouvement de tête, je lui sautai de joie au cou et me mis à l'embrasser. Beauté me serra dans ses bras et lança d'un ton moqueur :

— Nous sommes des Colomb, des navigateurs sous le signe du cœur…

L'élu de ma mère était Mikhaïl Mikhaïlovitch Hercen, un médecin. Un homme qui souffrait depuis son enfance d'une maladie portant un nom exotique qui ne me resta pas en mémoire. À cause d'elle probablement il était parmi nous au lieu d'être au front ou dans un camp. Il détonnait par rapport à son entourage, par sa façon d'être et de s'habiller à l'européenne. Beauté raconta qu'il avait étudié à Paris où il avait rencontré beaucoup d'hommes célèbres. Mikhaïl Mikhaïlovitch s'intéressait à l'art. Il peignait à ses moments de liberté. La peinture était le sel de sa vie, tout le reste était accessoire. Il vivait dans un désordre artistique, et c'est en artiste qu'il fit sa déclaration à ma mère. Lors de la réunion hebdomadaire du personnel de l'hôpital, il demanda la parole – ce qu'il n'avait jamais fait auparavant – et déclara que Beauté allait devenir sa femme. Il annonça aussi la date de la cérémonie. Il s'approcha ensuite de ma mère, lui baisa la main et s'assit à ses côtés. Ma mère, surprise par cette déclaration, n'eut ni la force de se récrier, ni celle de dire que son accord n'était pas acquis. Certes, elle aimait bien Mikhaïl Mikhaïlovitch, ses façons d'être lui plaisaient, mais elle n'avait jamais regardé Hercen comme une femme regarderait l'homme en qui elle cherche une part de son destin. Cependant, une visite chez lui fit s'ouvrir en grand le cœur de ma mère. Était-ce dû aux tableaux dont la singulière beauté lui coupa le souffle, ou bien à l'aura poétique qui présida à leur entretien ? Toujours est-il que Beauté constata que Mikhaïl Mikhaïlovitch était le prince charmant, celui dont elle avait rêvé depuis son enfance, et la déclaration fut définitivement acceptée.

Beauté s'épanouissait, une fois de plus, et rougissait à tout bout de champ comme une gamine. Nous étions amoureux tous les deux et nous nous comprenions à demi-mot. Nous nous croisions, chacun se précipitant de son côté : elle vers son Roméo, moi vers ma Juliette. Beauté courait contempler les tableaux de son génie, lui préparer du thé et se rassasier de sa chaleur, et moi je fonçais vers la rivière réciter du Lermontov aux taches de son de Tania. Les journées étaient hautes ; au ciel immuable pulsaient des nuances de violet, et la terre n'était pas en reste qui nous offrait une palette de fleurs multicolores. Les insectes cachés dans l'herbe bruissaient avec passion et les oiseaux piaillaient à perdre haleine.

C'est par une telle journée pleine de couleurs que Beauté épousa son prince charmant. La moitié de la ville accourut applaudir le nouveau couple. Quand ils sortirent de la baraque qu'on avait baptisée « palais des mariages », le visage de ma mère était éclatant comme un merisier en fleur sur le fond enchevêtré des mélèzes. Mikhaïl Mikhaïlovitch, sous son chapeau à large bord, vêtu d'une redingote vert sombre et d'une chemise immaculée, avec un nœud papillon lilas, semblait arriver d'une autre planète.

Nous nous tenions, moi et Tania, juste à côté de la porte et je me sentais transporté de joie et si heureux que je ne remarquai pas Dourov, le plénipotentiaire du NKVD. Je ne le vis qu'au moment où les jeunes mariés s'arrêtèrent au milieu des marches, posant pour la photo. Il dégainait son pistolet. Je m'élançai avec un cri, mais mon pied buta et je tombai. En me redressant sur mes genoux, j'entendis les coups de feu : un, deux, puis un troisième.

Dourov était un professionnel de l'assassinat. Une balle dans la nuque ne laisse pas la moindre

chance de survie. La mort fut instantanée. Ma
mère et Mikhaïl Mikhaïlovitch roulèrent au bas des
marches. Le coup de feu suicidaire dans la bouche
rejeta Dourov en arrière. Il gisait sur le dos, les yeux
grands ouverts. Même dans la mort il n'avait pas
lâché son pistolet.

Une réitération de Job

Il fallut la mort de Beauté pour me briser. J'errais ahuri, incapable de vivre. Je me retrouvais seul, j'étais devenu un de ces innombrables gosses sans parents dont le destin n'intéressait personne, hormis peut-être les orphelinats, ces espèces d'hybrides de consigne anonyme et d'usine de dressage idéologique pour mineurs.

Le désespoir frissonnant et la solitude me poussèrent plus impérieusement vers la poésie. J'écrivais depuis longtemps, depuis l'éblouissement provoqué par *Le Démon*, le poème de Lermontov. Je composais et puis je déchirais, confrontant mes propres balbutiements avec les œuvres du maître. À présent, me sentant complètement abandonné, je livrais sans retenue mon cœur à ces tentatives poétiques. Elles me semblaient justifier d'une certaine façon mon existence même. Je lisais mes strophes au fur et à mesure de leur création à tous ceux qui le désiraient, et même aux autres. Les copains de ma bande aimaient bien. Tania aussi. Et le directeur de l'école en personne exi-

gea un jour que je lui présente une de mes œuvres. Je
récitai un poème consacré à Mikhaïl Mikhaïlovitch
et à ma mère. Il écouta avec attention et, quand j'eus
fini, il hocha la tête avec admiration et incrédulité. Le
contenu du poème l'avait visiblement ému.

— Vous, les Polonais, finit-il par dire en déambu-
lant entre les tables, vous ne savez pas vous taire. Il
vous faut cavaler et faire du bruit ! Il n'est pas mal,
ton poème. Bravo ! Mais tu pourrais écrire aussi à
propos de l'étoile rouge.

Les remarques du directeur ne me faisaient ni
chaud ni froid, mais son approbation fit cesser les
moqueries des autres professeurs. Ce qui était beaucoup. Car la poésie était devenue ma seule chance de
perdurer.

Un jour je rendis visite à la mère de Hercen. J'empor-
tai un bouquet composé de fleurs qui m'étaient accessibles. La vieille dame me reconnut, pourtant nous
ne nous étions guère rencontrés auparavant. Elle ne
cacha pas sa joie, m'offrit du thé d'airelles et du pain
avec de la marmelade. Nous finîmes par parler poésie,
parce que son fils aussi avait été un poète. Encouragé
par elle, je lus deux poèmes. Elle se tut longtemps,
comme pour peser les choses. Puis elle parla d'une
voix altérée :

— Ils ont tué le père, ils ont assassiné le fils. Les
communistes ont le crime dans le sang, ils tuent jusqu'aux artistes. Même les Mongols n'en ont pas
fait autant ; Roublev est mort de sa belle mort. Sauvages, ce sont d'effrayants sauvages. Approche, me
demanda-t-elle.

Lorsque je fus devant elle, elle prit ma tête entre ses deux mains et me regarda au fond des yeux.

— Prends garde à toi, fiston. Il faut que quelqu'un survive, pour témoigner. Ils t'ont assassiné ton père et ta mère. N'oublie rien… Et si jamais tu n'es pas bien chez Frosia, tu peux venir habiter chez moi…

Je la quittai comblé de cadeaux. En m'embrassant pour prendre congé, la vieille dame déclara que, puisque poète j'étais, je devais me vêtir en poète, tout comme son fils. Je reçus un magnifique chapeau, une écharpe de laine, une chemise blanche et aussi un cardigan avec un grand col et avec quatre poches et encore une multitude de bricoles. Tout cela valait de l'or.

Le lendemain, l'école bourdonna comme une ruche lorsque j'apparus chapeau en tête, vêtu d'une chemise immaculée et d'un gilet en velours. On me contemplait comme une curiosité exotique. Les vêtements trop amples soulignaient la modestie de ma taille. Même mes ennemis de l'orphelinat en restèrent bouche bée. J'attendis la réaction du directeur de l'école. Contrairement à mon attente, quoique surpris, il réagit par un sourire :

— Voici un nouvel Essenine. Et même peut-être un Maïakovski. Un honneur pour notre école ! Oui, un honneur. Mais écris comme il convient… Et grandis aussi, pour que tout ça tombe bien.

J'écrivais, j'étudiais et je priais – tout pour ne pas m'abandonner aux pensées noires. Absorbé par les tâches que je m'imposais, je ne sentais même plus la faim. La vie semblait rouler d'elle-même, sans ma participation. Ce n'était bien sûr qu'une illusion, en vérité elle me touchait directement et j'y participais à ma façon. D'une manière moins joyeuse que naguère, peut-être. Mes copains le comprenaient bien, en particulier notre chef, le plus âgé de toute la bande.

Nous continuions de jouer à la palette. Après une de nos parties, je fus surpris de voir notre Cap s'asseoir à côté de moi. Quelque chose le tracassait. Les autres gars s'assirent tout autour. Il leur demanda alors s'ils étaient d'accord pour que je devienne son remplaçant.

— Il ne serait pas trop petit ? (Vassia l'Ukrainien exprima un doute.)

— L'âge n'a pas d'importance, le contredit Eric l'Estonien. C'est une affaire de courage et de dignité.

— Oui, justement, conclut notre Cap. Il est un poète, et il a la Bible. Vous devrez l'écouter. (Et, sans plus nous regarder, il s'éloigna.)

J'eus un mauvais pressentiment, et je courus derrière lui.

— Viens habiter avec moi, lui demandai-je. Ce serait plus gai à deux !

— Je ne peux pas, ma mère se remarie. Et tu sais qui va être mon beau-père ? Le chef du camp voisin.

Il me regarda de ses yeux tristes puis il les leva vers le ciel, comme en attente d'une consolation.

Nous ne le vîmes plus de toute une semaine. Puis la nouvelle éclata : il s'était sauvé de chez lui la nuit même du mariage de sa mère. Il avait, paraît-il, laissé une lettre que son beau-père avait immédiatement déchirée.

Peu après on vint arrêter Frosia. Ce fut le mérite du nouveau plénipotentiaire du NKVD, qui, plein d'un acharnement zélé, nettoyait le quartier des restes d'éléments hostiles. Nul ne sut en quoi consistait la culpabilité de mamie Frosia. Sa seule faute était d'avoir un mari au camp. Ce fut pour moi un coup doublement dur, car c'était elle qui m'avait pris en charge après la mort de ma mère.

Je n'avais pourtant pas encore atteint le fond de ma coupe d'amertume : la grand-mère Tamara, la mère de Hercen, chez qui j'aurais pu déménager, mourut subitement. De noirs nuages s'accumulaient au-dessus de ma tête. L'orphelinat me menaçait, ce goulag pour mineurs, cette mort des rêves. Je me mis à me démener, courant de droite et de gauche. La mère de Tania ne voulut pas m'accueillir, malgré les prières de sa fille. Les voisins refusèrent également. Ma situation, ma manière d'être, mon accoutrement même éveillaient des craintes qu'ils n'essayaient pas de dissimuler. Sachka était ma dernière planche de salut.

Sachka avait été démobilisé. Ses jambes avaient été amputées aux cuisses; ses mains, armées de planchettes avec des poignées, lui servaient pour se déplacer. Il vivait seul et se débrouillait fort bien en réparant des casseroles et en sculptant le bois. J'allai le trouver.

— Accueille-moi, sinon on me mettra à l'orphelinat.

— Tu joues aux échecs ? me demanda-t-il. Et, sur mon geste affirmatif : Alors, emménage. La place ne manque pas. J'ai entendu dire que tu écrivais des poèmes. Tu auras ton coin à toi. Je respecte le talent, je sais ce que c'est que l'inspiration et je sais aussi ce que c'est que d'être amoureux. Ne te gêne donc pas.

Une pierre me tomba de la poitrine. Je ne savais trop comment remercier Sachka. Je remerciai donc Dieu, me souvenant des paroles de Beauté :

— Sois béni, Seigneur, maître de l'univers…

— C'est bien dit, m'accorda Sachka. Dieu transparaît dans toute œuvre.

Tranquillisé, je m'en allai chercher mes affaires.

Mais je ne revis plus jamais Sachka – ni lui ni Tania. Un messager de Dieu surgit devant moi – il serait difficile de l'appeler autrement. En revenant de chez Sachka, je vis une femme étrangère qui était assise sur le banc à côté de notre porte. Son visage était émacié, mais ses yeux avaient un éclat inhabituel. Et une force de caractère s'y lisait immédiatement.

— Tu es le fils de Beauté, n'est-ce pas ? Tu n'as plus de famille.

— Non, je n'ai plus personne. Mais je déménage chez Sachka.

— J'ai connu ta mère. Mon fils est mort hier. Je l'ai enterré cette nuit pour que personne n'apprenne sa mort. Et puis je suis venue te chercher. Tu as l'air d'être plus jeune que ton âge. C'est bien. Tu viendras avec moi.

— Où ça ? demandai-je aussi surpris qu'étonné.

— Plus près de la Pologne, en Volhynie ou bien en Podolie. J'ai eu l'autorisation de partir. Tu seras mon fils désormais. Rassemble tes affaires. Il n'y a pas de temps à perdre. Nous partons demain.

— On t'a permis de partir ?

— Mon mari est dans l'armée de Berling[1], m'expliqua-t-elle. À force de démarches, j'ai eu l'autorisation. Nous allons partir avec l'armée. Souviens-toi, je suis ta mère désormais, et tu t'appelles Bednarski. Tu as le même prénom que mon fils. Dieu aide ceux qui s'aident eux-mêmes.

Dès l'aube, un train nous emporta vers l'ouest. Ma tête n'était que chaos. Incrédule, je dévisageais ma mère adoptive, m'efforçant maladroitement de lui raconter Beauté et ce qui nous était arrivé. J'avais honte des larmes qui montaient et qui étaient plus fortes que moi.

— Je sais tout de toi (et elle me serra la main pour m'apaiser). Nous serons bien ensemble, tu verras. Moi aussi, je vis selon mon cœur.

À ces mots, je me sentis comme Job à qui le Seigneur avait rendu tous ses biens. J'ignorais encore que des réitérations de l'histoire de Job s'inscrivaient dans la vie comme le soleil s'inscrit dans le jour et la lune dans la nuit. Avec un immense soulagement je m'affaissai dans le sommeil. Et je dormis avec des rêves aussi indicibles que la sensation qu'éveille dans les cœurs le timbre des cloches du soir.

---

1. Après le départ vers l'Iran de l'armée polonaise du général Anders (voir note 1, p. 72), les Soviétiques réussirent à constituer une deuxième armée polonaise, commandée par le général Berling, qui combattit sur le front russe aux côtés de l'Armée Rouge.

Table